# 禁秘

神崎京介

祥伝社文庫

# 目次

はじまり　5
第一章　肉体の敬意　8
第二章　本能への回帰　35
第三章　真実の扉　61
第四章　パワースポット　169
第五章　神々の島　260

# はじまり

男としての自負と自信の源《みなもと》を知っているだろうか。

成功や名声や豊かな財力といったものがあげられるが、核心は別にある。

赤玉が源なのだ。

赤玉とは、男の性的な能力が終焉《しゅうえん》を迎えた時、打ち止めの意味を込めて体内から出てくると言われている。

これは都市伝説ではない。空想の産物でもない。

赤玉は現実に存在している。

三十九歳になる伊原友基《いはらともき》は、自分の軀《からだ》から出た赤玉を目《ま》の当たりにした。残念なことにそれを機に、不能に陥《おちい》ってしまった。恋人の那奈《なな》がどんなに頑張って性的な刺激を与えても、伊原のモノはぴくりとも反応しなくなった。

伊原は諦《あきら》めなかった。人生から勃起をなくしたら、生きる喜びは半分以下になってしまうとわかっていたからだ。

だが、どうすれば赤玉を体内に戻せるのかわからなかった。多くの文献にあたったが、調べた限りでは赤玉の記述はなかった。途方に暮れていた時、奇妙な店の不思議なマダムからヒントが得られた。

奇妙な店の名は「クク」。オーナーのマダムは倫子《みちこ》。

「西へ向かいなさい」

マダム倫子の教示を得て、伊原と那奈は西を目指した。

西だ。東京から見た西だ。

漠然《ばくぜん》としていたが、ふたりはパワースポットの伊勢《いせ》を目的地にした。

伊勢神宮の内宮《ないくう》、猿田彦《さるたひこ》神社と参詣《さんけい》をつづけた後、ヒントを得る。神話の里の高千穂《たかちほ》が向かうべき場所であると、出会った老人に教えられたのだ。

高千穂は驚愕《きょうがく》の地であった。

山々の嶺《みね》は、横たわる涅槃《ねはん》像を形づくっていた。

涅槃像のちょうど陰部のあたりに、聖池《ひじりいけ》という池があった。そこに、無数の赤玉が集まっているのを目撃した。満月の夜だった。見たのは伊原だけで、那奈の目に赤玉は入らなかった。赤玉は男だけが見られるものなのだ。

すべての赤玉に精気が感じられなかったことからすると、寿命を終えた赤玉か、再生するために集まった赤玉だったのだ。

伊原と那奈は、赤玉の核心に一歩近づいた。
ふたりは核心があぶり出す真実を見つめ、真実が教える真理に耳を傾ける。
赤玉が何を意味しているのか。性的能力だけを司《つかさど》るものではないのか……。
ふたりは新たな物語を紡《つむ》ぐことになった。

# 第一章　肉体の敬意

## 熱い神話

山間《やまあい》の夜は闇が濃い。

宮崎《みやざき》県高千穂。神が宿った地は、神話の里と呼ばれている。

伊原友基は今、中里《なかざと》那奈の手を握りながら歩いている。道は暗い。宿で借りた懐中電灯が頼りだ。

ふたりが目指しているのは、天照大神《あまてらすおおみかみ》が隠れたという神話に登場する天岩戸《あまのいわと》だ。宿の女将《おかみ》によると、十一月限定で試験的に、天岩戸の入口の断崖にスポットライトを当てるというイベントをしているそうだった。

町外《はず》れに人の気配《けはい》はない。人も動物も昆虫も木々や草花も、朝陽《あさひ》が昇るのを待ち望みながら、闇がもたらす恐怖を遣《や》り過ごそうとして息をひそめている。

街灯は百メートル置きくらいだろうか。東京の住宅街と比《くら》べるとずいぶんと間隔が広くて暗がりが多い。

澄んだ空気はわずかに湿気をはらんでいる。空を仰《あお》ぐと無数の星。都会では絶対に見ることのできない見事な美しさだ。

那奈は夜の闇が苦手《にがて》らしい。伊原はそれを初めて知った。ふたりが住んでいる東京の住宅街には、今ここにあるような真の闇はない。

「ほら、那奈、オレンジ色のスポットライトが見えてきたよ」

「女将さんは、観光客向けにライトアップをするって言っていたけど、ねえ、誰も見に来ていないみたいね」

「観光シーズンではないから、仕方ないんじゃないかな。逆に言うと、こんな時期だからこそ、集客のためにやっているとも言えるだろうね」

伊原は三十九歳にして初めて天岩戸を見ることになる。二十八歳の那奈も同じだ。

ふたりは案内表示に従って、急ぎ足で天岩戸が見渡せる特設エリアに入った。

五メートル四方の広さ。そこだけに、明かりが煌々《こうこう》と灯《とも》っている。天岩戸について説明している案内板にスポットライトが当たっていて、そこには次のように書かれていた。

――深い谷の向こう側に見える山の断崖の裂け目が天岩戸の入口です。普段は天岩戸神社内からしか見ることができませんが、神社の協力を得ましたので、今回に限り、この場所から天岩戸を見られることになりました――。

伊原はため息をついた。

案内板には、男の勃起《ぼっき》と直接的に関連している赤玉のことも、月に一度満月の夜にだけ現れるという聖池のことも、書かれていなかった。冷静に考えれば当然だ。観光客向けの案内板にそんなことを書くはずがない。

那奈は傍《かたわ》らに立って微笑《ほほえ》んでいる。励《はげ》ますように握っている指に力を込めた。

「伊原さん、あれが天岩戸なのね。断崖絶壁なんでしょうけど、残念ながら、そんなふうには見えないわね」

「ほんと、那奈の言うとおりだ。裂け目があるようには見えないな。天岩戸のイメージって、木どころか草一本すら生えていない断崖なんだけどね」

「わたし、もしかしたら、あなたの軀から出ていった赤玉が、ここで見られると思って期待していたんだ」

「ぼくだってそうさ」

「聖池では、女のわたしには赤玉は見ることができなかったけど、天岩戸なら可能かもしれないって思ったのに……」

那奈の残念がる気持は、伊原にも容易に理解できた。赤玉が軀から出ていったことではじまった勃起不全、つまり、性的不能状態が、天岩戸にやってきたことで解決すると期待していたのだ。

根拠はあった。

聖池で無数の赤玉に包まれていた時、完璧な勃起をしていた。それまでの不能状態を忘れさせる逞《たくま》しい屹立《きつりつ》だった。

その時の赤玉は、数十秒で、聖池の底にできた裂け目からどこかに消えてしまった。今思い返してみるとその裂け目は天岩戸そのものだった。赤玉が天岩戸に移動したと考えるのが自然だろう。

伊原はこれまでに、いくつもの示唆《しさ》を感じ取ってきた。

伊勢の猿田彦神社で雨に降られた時に境内《けいだい》に示された九州の形、車のフロントガラスに降った雨粒がつくった矢印、偶然出会った老人老女が口にした「西へ行け」という言葉……。それらはすべてが連関していた。そして辿《たど》り着いたのが、この場所、天岩戸なのだ。

「ぼくたちに何かが欠けているんじゃないかな。だから、赤玉が見えないとは考えられないかな。残念がっているだけでは、何も起きないよ」

「そうでした、ごめんなさい……」

「珍しいな、こんなにも那奈が素直に謝《あやま》るなんてね」

「伊原さんの印象が変わったからじゃないかなあ。すごく大きく見えるんだもの。正直言って、聖池に行く前の、おちんちんがまったく硬くならなかった時って、小さいなあって感じがしていたから……」

「せつないな」

「でも今は、隣に立っていても、大きいって感じます。だから、たぶん、おちんちんは絶対に硬くなるんじゃないかな」

「ということは、赤玉がすぐ近くにいるっていう証拠になるかな」

「そう思うの。だから、わたしたちは天岩戸に導《みちび》かれたんじゃない？」

「でも、ここに突っ立って眺《なが》めているだけではダメじゃないかな」

「誰かが現れる予感でもしているの？　老人とか猿とか……」

那奈は星空を見上げながら、昼の出来事を思い出すように言った。伊原は同意してうなずいた。

高千穂をレンタカーで走っている時、偶然にもふたつの滝を別々の場所で目にした。赤《あか》玉乃滝《だまのたき》、そして、青玉乃滝《あおだまのたき》。そこには猿がいた。木から木へ飛び移っていると思って見ているうちに、猿の姿は消え、まるで化身《けしん》のように、老人が現れた。そしてその老人は、示唆に富んだ言葉を口にした。

『導いてもらおうとしている時には、何も摑《つか》めないんじゃないか？　たとえば、自分が高いところから落ちていくとしよう……。落ちているということは、導かれて軀を下の方向に動かしているんじゃない。自然の摂理によって落ちているんだ』

　伊原は出会った人の口から、『必然』という言葉を何度も耳にしていた。だから、車を停《と》めた空き地の近くにたまたま滝があったことも、そこでの老人との出会いも、すべて『必然』だったこととして受け止めることができたのだ。

「ここにぼくたちが来たのは、必然だったということだよね。でもなぜ、必然なのかな。それがわかれば……」

「何？　わかれば、何？」

「次の必然のために、やるべきことがわかると思うんだ」

　伊原は呻《うめ》くように言った。何をすべきなのかと言葉にした途端、やるべきことが脳裡《のうり》に浮かんだ。

　でも、自分がすることではない。だから、呻き声に近い言葉になったのだ。

「伊原さん、何か言いたげ……。何をためらっているの？　赤玉を取り戻すためにやってきたんでしょう？　言いたいことがあるなら言ったほうがいいわ」

「那奈に頼みたいことができたんだ。それが次の必然を生むと思うんだ」

「言って、何でもするから、わたし。遠慮しないで、お願い」

　那奈は言った。目が決意を物語っている。ここでためらってはいけない、東京からはるばるやってきたのだから、と。

「那奈、よく聞いてくれるかい？　天岩戸に隠れた天照大神が、なぜ、顔を出すことになったか……。それは、天受賣女《あめのうずめ》が天岩戸の前で踊ったからだよね」

「そのことなら、わたしも知ってるわ。何か楽しいことをしていると思って、天照大神は顔を出したのよね」

「そうなんだけど、ぼくが思うに、単なる踊りではなかった気がするんだ。天受賣女は、服を脱ぎながら踊ったんじゃないか？」

「そっか、伊原さんの望みはそういうことだったのね」

「さすがに頭の回転が速《はや》いな」

「赤玉をおびき出すつもり？　わたしがストリップをここでやったからって、赤玉がのこのこと出てくると思うの？」

「全部の赤玉を出そうというんじゃない。そんな必要はない。ぼくの赤玉さえ出てきてくれればいいんだ」

「わたしに、できる？」

那奈が真顔で訊《き》いた。

「できる」

伊原は言いながら力強くうなずいた。そして、つづけてこう言った。

「いやかもしれないけど、これはきっと、必然なんだ。どんなに抵抗しても、那奈は服を脱ぐことになるはずだ」

那奈を抱きしめた。

ふたりのぬくもりが混じりあう。勃起していない。その気配もない。でも、活力はあった。躯の芯は燃えている。那奈が言ったように、赤玉がすぐ近くにいるからに違いない。

「脱いでくれるよね」

伊原が念を押すように訊くと、那奈はゆっくりとうなずいた。女神のように思えた。彼女のやさしさに包まれて、心は落ち着いていて静かだ。

那奈を見つめる。強い明かりを浴びた彼女は美しさが際立《きわだ》っている。彼女はジャケットを脱ぎはじめた。

新しい必然のはじまりだ。


那奈は全裸になった。

ふたりは当然、明かりが煌々と灯っている特設エリアからは離れている。約三十メートル。優に十台は駐車できそうな広さの空き地だ。

「わたし、踊れないの。伊原さん、どうしたらいい？　間抜けでしょう、裸で突っ立っているだけじゃ……」

「女王様やメイドの格好をするのに抵抗がないんだから、ストリッパーになったつもりで踊ってみたらどうかな」

「全裸なのに、コスプレ？　変です、そんなのって」

「とにかく、踊ってくれよ。赤玉を誘い出すことが目的なんだから」

「ごめんなさい、そうでした」

那奈は素直に謝ると、腕組みをして隠していた乳房をあらわにした。

白い裸体が闇に浮かび上がる。

白蛇を想《おも》わせる。怖《こわ》いくらいに生々《なまなま》しくて艶《なま》めかしい。すぐ目の前が、森のような断崖だ。白蛇はそこに軀をくねらせながら戻っていくような気がする。

乳房が上下に揺れる。部屋の中で見ている乳房よりも、自然の中のほうが豊満で、張りがあるような気がする。エロティックだけど、いやらしさは感じられない。

「天岩戸にいる人に向かって見せるつもりで、その美しい女体《にょたい》を開くんだ。まずはおっぱい。その次は、那奈、わかっているね」

伊原は同意を求めると、彼女は腰の動きを止めてうなずいた。

両手で頰《ほお》を包むようにして妖《あや》しい眼差《まなざ》しを天岩戸に送る。豊満な乳房を意識的に揺らす。乳首が勃起しているのは、傍らで見守っている伊原の目にもはっきりとわかる。両手で長い髪を梳《す》きあげるようにして、淫靡《いんび》なしなをつくる。眼差しはその間もずっと、オレンジ色のスポットライトが当たっている断崖の裂け目に向けている。

足を肩幅よりも大きく開く。腰を突き出し、のけ反る。リンボーダンスをするような格好だ。下腹部全体が張り詰め、陰毛の茂みの面積が広がる。女のもっとも大切なところがあらわになる。厚い肉襞《にくひだ》から滲《にじ》み出たうるみが鈍《にぶ》く輝く。

谷を流れるせせらぎの音がかすかに響くだけで、ほかの音は夜の闇にはない。なのに、伊原の耳にはドラムを打ち鳴らすような土俗的な音が聞こえてくる。

幻聴だとわかっている。そういう音楽が流れてきて欲《ほ》しいと願っているから、聞こえてくるのだ。望むことは叶《かな》えられる。たとえばこの幻聴がその証《あかし》だ。

耳にドラムの音が鳴り響き、ここは古代になる。風に那奈の髪がなびく。女の汗と生々しい匂いが風に運ばれる。森の木々がざわめく。夜の闇にひっそりと鎮《しず》まり返っている動物も昆虫も木々も草花も、女の匂いに気づく。

天岩戸に生えている木々も揺れている。雲間から洩《も》れる月の光が木々を照らし、葉や幹《みき》を、動物や草花や土や土中の虫を照らす。生きとし生けるものすべてが夜の光を浴びて動きだす。木々や動物や草花や虫が話しはじめる声が聞こえてくる。

伊原は目を閉じた。

自分の頭がおかしくなっているんじゃないかと不安になる。心臓はバクバクと激しい鼓動をつづける。

「伊原さん、ねえ、不思議だと思わない？　観光客のためにライトアップしているというのに、誰もいないなんて」

「ぼくたちがいるだろう？　ふたりいれば十分だ」

「わたし、ここで服を脱いでからずっと考えていたの。これも必然なんだなって……。だとしたら、あなたの赤玉も、あの裂け目から出てくるはずよね」

「そのとおりだ」

「出てくると思う？　伊原さんには悪いけど、わたしは自信ないな。女の軀としては貧相でしょう？」

「謙遜《けんそん》しなくていいよ。那奈の裸を見せても何も出てこないとしたら、ぼくの必然は終わりになったと思って諦めるよ」

伊原は正直な気持を言った。それは赤玉が絶対に出てくると信じているからこその言葉だった。いくつもの必然が起きていたからこそ信じられたのだ。

天岩戸の裂け目を覆《おお》っている木々が風に揺れる。葉擦《はず》れの音が谷を渡って聞こえてくる。スポットライトのオレンジ色が乱反射する。天岩戸が闇から切り取られる。

異変は突然やってきた。

最初は蛍《ほたる》かと思った。黄色がかった赤、黄色に近い赤色だった。

赤玉だと気づいたのは、数秒後だった。

無数の赤玉が数十メートルの幅の帯《おび》となって天岩戸の裂け目から現れた。まるで、異常発生したイナゴの大群の移動のようだった。音はまったくしなかった。聞こえてくるのは、谷の底を流れる小川の流れと、静かに吹く風の音だけだった。

「那奈、やったぞ」

伊原は震える声を放《はな》ったが、那奈は戸惑《とまど》った表情を浮かべて瞳をきょろきょろと動かしているだけだった。

彼女には赤玉を見ることができないのだ。伊原はそのことを忘れていた。聖池でもそうだったし、東京の部屋にいた時もそうだった。たぶんそれは、男にとって大切なものだからこそ、男にしか見ることができないのだ。

「どこにいるの？ あなたの赤玉だけ？ それとも、聖池の時のように、無数の赤玉がいるの？」

「やっぱり、見えないのか」

「悔しいけど、そうなの……。天岩戸にも変化がある？ 赤玉は今どこ？ わたしたちのほうに向かってきているの？ あなたの赤玉は見える？ 無数の赤玉の中から、どうやって自分のものを探し当てるの？ ああっ、わからないことだらけ。男の神秘ね」

「そんなに矢継《やつ》ぎ早《ばや》に訊かれても答えられないよ。赤玉の帯は、竜みたいだ。全身をくねらせながら、こっちに向かってきているぞ」

「あなたに？ それとも、わたしに？」

「まだわからない。先頭の赤玉がまだ、谷の中間のあたりだからね。でも、怖がることはない。聖池でぼくたちは、危害を加えられなかったからね」

「わたし、怖い……。男の性欲の核と言ってもいいものが、固まって襲いかかってくるわけでしょう？」

「襲いかかるんじゃないよ。たぶん、移動だ。イナゴが移動するようにね。いや、移動そのものに意味があるのかもしれない。次の肉体に宿るために必要な手つづきが、移動なのかも……」

竜の形となって無数の赤玉は、谷を渡り、今はふたりの頭上五メートルほどのところで、正確な円を描いて回っている。

一分ほどすると、回転が速くなった。竜巻《たつまき》のようだ。ふたりを回転の中心に据《す》えて回る。音はまったくしない。今耳に入ってくるのは、那奈の不安げな息遣《いきづか》いだけだ。

「ねえ、今はどこにいるの？　まだ、消えてなくならない？」

「近くまで来ているよ。いなくならないところを見ると、ぼくたちはどうやら気に入られたらしいな」

「そんな悠長《ゆうちょう》なことを言って……。あなたの赤玉を見つけてください」

「それは無理だよ。今もまだ、天岩戸の裂け目から赤玉が出てきているんだよ。大げさでなく、無数だ」

「見つけられないとしても、自分の赤玉の存在を近くに感じるんじゃない？」

「そのせいかな、躯が芯から熱くなっているんだ」

「ねえ、きつく抱いて……。赤玉に見せつけてあげましょうよ。そのうちに、赤玉のほうから、自分は伊原友基の赤玉です、と名乗り出てくるんじゃないかしら」

「そうだとうれしいんだけどね」

「ねえ、して、ここで。セックスらしきことはできるでしょう？」

「挿入できないのに、つながるなんて無理だよ」

「萎《な》えたおちんちんの先を、わたしの大切なところにあてがって……。あなたの赤玉なら、その悲惨な情況を見過ごせないはずだもの」

那奈はねっとりした口調で囁《ささや》いた。右手は萎えたままの陰茎を、ズボンの上から慌《あわ》ただしく撫《な》ではじめた。

挿入を求めている。彼女は本気だ。

覚悟の女
那奈は粘《ねば》っこい眼差しを送る。頭上で渦巻いている無数の赤玉の中から、恋する男の赤玉を誘いだそうというのだ。

伊原は那奈の背後に立った。

下腹部を全裸になった彼女のお尻に押し付ける。陰茎は萎えたままだ。もちろんそれでもスリルは味わえるし、性的な興奮も感じる。今はふたりきりでも、いつ誰がやってくるかわからない。

那奈は前屈《まえかが》みになりながら、わずかに足を開く。腰を左右に振ったり、お尻を落として、陰茎に刺激を加えてくる。

「まだ上空に、赤玉はいるの?」

那奈には見えないが、無数の赤玉は竜のようになって天空を覆っている。

本当に無数だ。

日本中の男の核心が今ここに集結しているとしか考えられない。

「わたし、何にもしてもらっていないのに、もう、濡れているの……」

那奈が前屈みの体勢のまま、顔を横にして囁いた。恥じらいの表情が艶《なま》めかしい。那奈はいわば、無数の男の性欲の中心にいることになる。女の性欲や性感帯が刺激を受けるのは当然だ。

那奈の太ももに指を這《は》わす。お尻への密着をつづける。もわりと湿った空気が、彼女の陰部から湧き上がる。白い肌が夜の薄明かりの中でも赤みを帯びていく。

割れ目に触れた。

「ああっ、いい……」

「那奈の言ったとおりだ。こんなに濡れたのは初めてだね」

「久しぶりにあなたの赤玉の存在を近くに感じているからじゃないかしら。ということは、赤玉って、男の人の欲望の源《みなもと》ということ？」

那奈はうわずった声をあげると、ブルブルッと腰を震わせた。伊原はクリトリスを目がけて、人差し指をすっと滑《すべ》らせた。ほんの少し撫でただけなのに、外側の厚い肉襞はめくれ、噴《ふ》き出すように、粘っこいうるみが流れ出した。

うるみは太ももを伝《つた》う。伊原のズボンも濡れる。割れ目に指を差し入れる。うるみが溢《あふ》れる。めくれた肉襞がうねる。突起したクリトリスが震えながら膨《ふく》らむ。その先端を、指の腹で撫でる。

伊原はずっと、天空で渦巻く赤玉に目を遣っていた。すべての赤玉はひとつの塊《かたまり》のように団体で行動している。天岩戸から出て、ほかのどこに向かっているのか？　それとも、那奈の全裸がおびき出したのか？　いずれにしろ、ひとつの赤玉がひょろっと単独行動しそうな気配はない。

「那奈、どうやら、ぼくたちがセックスまがいのことをしても、赤玉はおびき出せそうにないな。赤玉は目的があって現われたんだよ、きっと」

「冷静に考えると、そうかもしれないわね」

「でも、那奈がさっき言ったように、ほかの赤玉は別にしても、ぼくのだけは、那奈に惹《ひ》き寄せられるかもしれないな」

「それって、ふふっ、可笑《おか》しい」

那奈は全裸の女体を細かく震わせるようにして笑い声を洩らした。忍び笑いだ。久しぶりにそんな笑い方をするのを見た。不思議とエロティックだ。彼女の肌が赤みを帯びている。赤玉の色が映《うつ》り込んでいるようだ。

「那奈、大の字になってごらん」

伊原はふいに浮かんだアイデアを口にした。即実行あるのみだ。赤玉の群れがいつまでここにいるかわからない。

「ここで？　アスファルトの上に直《じか》に？　伊原さん、本気？　立ってセックスするんじゃなくて、寝てしようというの？」

「とにかく、理由は後で説明するから、早くしてくれるかい。赤玉がいなくなったら、元も子もなくなるからね」

「赤玉、動きだしているの？」

那奈の声音《こわね》が急に切羽《せっぱ》詰まったものに変わった。伊原はジャケットを脱いで、アスファルトに敷いた。

那奈は素直に従った。

駐車場の隅《すみ》で、大の字になった。全裸だ。伸ばしていた足をゆっくりと広げた。天岩戸に向かって、彼女は足を全開にした。

伊原は離れた。那奈には悪いと思ったけれど、赤玉に彼女がひとりでいると見せたかった。五メートル、七メートル。十メートル近くまで離れたところで足を止めた。駐車場の白い枠《わく》五個分。

那奈と赤玉を交互に見る。

赤玉はうごめいている。先ほどよりも全体が低くなっている気がする。赤い色に染まった雲のようにも見える。

那奈は足を全開にしたまま、腰をゆっくりと上げた。天岩戸に濡れた割れ目を晒《さら》すかのようだった。淫靡だ。近くで眺めたいという衝動が湧き上がる。陰茎の芯が熱くなる。腹筋に力を入れて、萎えたまま陰茎が動かせるかどうかを確かめたが、期待どおりにはならない。

勃起を取り戻すには、性的な刺激だけではダメなのだ。つまり、赤玉を取り戻さなければ、根本的な解決にはならないということだ。そのことがわかっただけでも、高千穂にやってきた意義がある。たとえ、赤玉を今、取り戻せなくても。

「伊原さん、どう？　わたし、すごくエッチな格好で誘惑しているつもりなんだけど、変化はないの？」

「それがまだなんだよ」

「どういうこと? ねえ、もう止《や》めてもいい? わたし、恥ずかしい……」

「だったら、あと三分」

彼女は腰を何度もグラインドさせる。誘惑だ。赤玉を割れ目に引き込もうとしている。寝そべった姿は立ち姿よりもずっと淫靡だ。

赤玉に変化が起きた。

一糸《いっし》乱れずに渦を巻いていた無数の赤玉が、突如《とつじょ》、形をわずかに崩した。点が動いたように見えた。

三つ。確かに三つ。ぴっと飛び出すようにだ。竜の頭のあたりと前脚《まえあし》のあたり、腹のあたりの三カ所にいる。

点にしか見えなかった三つの赤玉が、那奈に向かった。ひとつではない。やはり三つが彼女に向かっている、間違いない。

どういうことだ……。

伊原は赤玉を見つめた。

わけがわからない。この三つは、那奈に興味を示しただけの赤玉なのか? 自分のものだったら、赤玉はひとつでなければおかしい。

三つの赤玉は同じように見える。色も形も質感もすべて同じだ。もしかしたら、細胞分裂のように、自分の赤玉が三つに分裂したのか？　今は三つだけれど、男の体内に戻る時にはひとつになるのか？

「那奈、すごいことになったぞ」

「何か変化が起きたの？」

「三つの赤玉が、君のいやらしい割れ目を目指しているんだ」

「ひとつじゃないの？」

「そうだ、三つなんだ。どういうことか、わからない。ひとつであるべきなのに」

「赤玉っていうものが得体《えたい》の知れないものなんだから、人知を超えるんじゃないの？　あなたの理解を超えても不思議ではないと思うわ」

「赤玉はひとりの男にひとつだと考えていいと思うけどな。だってそれこそが、自然な発想だろう？　自然に生まれたものは、不自然ではないはずだからね」

「ということは……、あっ……」

那奈が全裸の女体を反らした。

どうしたのか？

三つの赤玉は那奈の手前、二十メートルほどのところだ。隊列を組んでいるわけではない。三つそれぞれが、自由気ままに、那奈の割れ目を目指しているように見える。

「どうしたんだ、那奈。赤玉が見えるようにでもなったのか？」

「ううん、違うの。どうして三つなのか、わかった気がしたから……」

「わかった？」

「三つのうちのひとつが、あなたの赤玉。で、ほかのふたつは、ほかのふたりの男性の赤玉よ、きっと」

伊原はその言葉を聞いた瞬間、彼女が何を言おうとしているのかわかった。目の前に見える三つの赤玉は、自分を含め、彼女とセックスをした男たち三人のものなのだ。

軽い眩暈《めまい》を覚えた。

まったく想像していないことだった。冷静に考えれば、那奈が自分とつきあう以前に、何人かの男と交際していたと考えるのが自然だ。こんなにいい女なのだから、男が放っておくはずがない。

伊原はふっと、マダム倫子の忠告を思い出した。『女を連れていってはダメだ』と。那奈を連れていくつもりだったから、マダムに理由は訊いていない。伊勢にあったような、男だけが喜びを得られる女子島《おなごじま》に似たものがあるからだろうと漠然と考えていた。が、実際は、女の過去がわかってしまうからかもしれない。

三つの赤玉がゆっくりと那奈に近づく。

一個目が、割れ目に入っていく。つづいて二個目が入る。三個目も割れ目を目指す。今この瞬間、割れ目はふたつの赤玉を入れている。数秒後には三つになる。なのに、那奈に変化は見られない。

「那奈、軀が熱くなったり、異物が軀に入ってきたような感覚はないのか？　今、ふたつの赤玉が割れ目に入っているんだぞ」

「そうなの？」

「何も感じないのか……。そういうものなんだな、赤玉っていうのは」

「押さえられるかな」

那奈は両手で割れ目を塞《ふさ》いだ。その時点ではふたつしか赤玉は入っていなかったが、三個目が、彼女の指の間をすり抜けるようにして入っていった。

三つの赤玉をくわえ込んだ。

それがどういう意味になるのかわからない。那奈に影響があるのか、赤玉の宿主《やどぬし》だった男に影響が出るのか。

伊原は常に陰茎に意識を向けていた。特に、三個目が入ってからは集中した。彼女がつきあった男の赤玉だとしたら、三個目が直近のつきあいの男のものと想像した。

「那奈、ぼくもそっちに行くから。で、足の間に入るから、そのつもりでいてくれるな」

「セックスするのね」

「うん、そのつもりだ。だけど、おちんちんをあてがうだけでいいのか、口で吸って軀に入れたほうがいいのか……」

「両方やってみればいいわ。もしも、赤玉がその時まで残っていたらだけど」

那奈は両手で割れ目を押さえながら言った。

伊原は足早に近づいた。あと五メートル。赤玉に気づかれないように足音に注意する。二メートル。天空の赤玉を見遣《みや》る。変化はない。三つの赤玉が抜けていることがわかるような跡も見られない。

彼女の足の間に立った。

アスファルトに膝《ひざ》をついた。ベルトを外し、ズボンのボタンに手をかけた。ファスナーを下ろし、ズボンと一緒にパンツにも手をかけた。下半身を剝《む》き出しにした。陰茎は相変わらず萎えたままだ。

彼女の割れ目に変化が起きた。

赤玉がひとつ、指の間をすり抜けて出てきた。最後に入った赤玉か、最初のものなのかは定かではない。テニスボールほどの大きさだ。目の前の高さまでいっきに上がった後、意思があるかのようにその位置で浮遊をつづけている。漂《ただよ》っているのでない。意思を持って、そこにとどまっているようだ。

初めてじっくりと赤玉を見た。こんなにも間近に。

聖池で赤玉は変化したのだろうか。それとも、天岩戸に移動した後、変質したのだろうか。もし、変質したとして、いったい何になるというのか。元の宿主に戻るわけがない。

そうだったら、そもそも抜け出る必要などない。ということは、別の宿主に入るためか？新しい赤玉として生きるのか？

赤玉にも死と再生があるということか？　輪廻転生《りんねてんしょう》しているのか？　聖池と天岩戸が日本人の性欲に重大な役割を担《にな》っているということか？

割れ目から二個目の赤玉が出てきた。数秒もしないうちに、三個目も出た。三つの赤玉すべてに意思があった。というのも、最初の赤玉は三個目が出てくるまで、浮遊した状態で待っていた。二個目も待っていた。礼儀正しいというべきなのか、律義《りちぎ》というべきなのか。

三つの赤玉が伊原の目線の高さに並んだ。何かを訴えかけているのか、単なる偶然なのか。読み取ろうにも、何のヒントもない。那奈は相変わらず割れ目に両手をあてがっていて、赤玉が抜け出たことに気づいていない。

伊原は彼女に覆いかぶさった。割れ目から両手が離れた。萎えた陰茎でめくれた肉襞の濡れた溝《みぞ》を塞いだ。腰を突いて、小さな笠を無理矢理ねじ込んだ。那奈の顔を見たり、頭上一メートルの高さでとどまっている三つの赤玉を見たりした。

「ねえ、入っているでしょう？　硬くなっていないけど、伊原さんのおちんちん、入っているでしょう？」

那奈の切羽詰まった囁き声が響く。

「うん、入っている。でも、勃起している感覚はないよ。それに、那奈に入っていた三つの赤玉は、ぼくの頭の上にいるんだ」

「そのうちのひとつが、あなたのものなんでしょうね」

「たぶん、そうだと思う。で、ほかのふたつは、那奈がつきあった男のものだろう？　今はもう勃起しなくなっているってことだ。ずいぶんと年上の男とのつきあいがあったんだな……」

「過去のことです。今は伊原さんだけ」

「そうだといいけどな」

「それって、嫉妬《しっと》？　あなたの言うとおりに、駐車場で素直に全裸になっている女に対して、過去の男性とのことで、嫉妬するの？」

「怒らなくてもいいだろう？　ぼくの素直な気持なんだから。そういう感情を抑《おさ》えないほうがいいと思うんだ。ストレスになるだろう？　それに、那奈はそんな気持でも受け入れてくれると思ったんだけどな」

「時と場合によります。今、嫉妬しているなんて言われたら、わたしの純粋な気持はどうなっちゃうの？」

「ごめん、そうだね」

伊原は素直に謝った。どんなことでもいいから、とにかく、今の情況に変化を与えたかった。それによって、何かが変わると思ったのだ。しかし、頭上の三つの赤玉も、天空の無数の赤玉も、謝った程度では変化は起きなかった。

「いけそうかしら、伊原さん」

「どうかな……。きちんと挿入できていないから、無理かもな。そもそも、いくことなんて考えなかったよ」

「精液は溜《た》まるものでしょう？　勃起しないだけなんでしょう？　だから、性欲はあるんでしょう？　だったら、ちょっとくらい萎えたままでも、いけるんじゃないの？　わたしは女だから、それ以上のことはわからないけど……」

「今は無理かな」

伊原は正直に言った。同時に、赤玉に変化が起きた。まるで、その言葉を待っていたかのようだった。

赤玉がゆっくりと動きはじめた。

頭上一メートルだったのが、すぐに三メートルになった。そこまで離れると、加速がついた。三つの赤玉は、竜の形の赤玉に吸収された。

「那奈、いっちゃったよ」

「いないの？　あなたのそばにいたのに？　軀に戻らなかったの？」

「飛び出てきた元の場所に、それぞれが戻ったみたいだ」

「伊原さん、変化は？」

「ない、残念だけど……。軀に入ってきた感覚もなかった」

「上空を覆っている赤玉はどうなっているの？　まだそのままなの？」

竜の形の赤玉が動きはじめていた。それだけではない。天空のすべての赤玉が動いていた。意思を持って飛んでいた。

赤玉は天岩戸に入った。

濃い赤色に染まっていた天岩戸の周辺に、闇の濃い黒色や木々の濃緑色が戻ってきた。あたりは何事もなかったかのように、色も気配も落ち着きを取り戻した。

# 第二章　本能への回帰

## 赤玉の真理

伊原は朝早く目覚《めざ》めた。

枕元に置いた腕時計は、午前六時十五分を示していた。

隣の布団では、那奈がぐっすりと眠っている。

部屋に朝の気配が入り込んでくる。鳥の鳴き声、木々のざわめき、はるか遠くから聞こえる小川のせせらぎ……。名残惜《なごりお》しいけれど、高千穂にいられるのも今日までだ。夕方の便で、熊本《くまもと》から東京に帰る予定になっている。

ケータイのアラームは、午前七時十五分にセットしてある。一時間あるけれど、眠るのはもったいない。

掛け布団の下で、股間に手を伸ばした。瞼《まぶた》を閉じて、萎えている陰茎をしごきはじめた。数時間前のことを思い返す。無数の赤玉の乱舞、那奈と交わった三つの赤玉、那奈の全裸……。陰茎は反応しないが、期待していないから、がっかりもしない。

那奈の寝顔を見遣る。

寝ている顔が楽しそうだ。口元がほころんでいる。夢を見ているのだろうか。昨夜の天岩戸の前で全裸になったことを振り返っているのか？　勃起していない陰茎との交わりの感覚に、夢の中で浸《ひた》っているのだろうか？

掛け布団がめくれて、那奈の素足があらわになった。太ももの付け根近くまで剝き出しになった。寝相が悪いのも可愛い。彼女らしい奔放《ほんぽう》さの表れに思える。

伊原は布団を抜け出すと、彼女の白い肌の太ももに顔を寄せた。

初めてだ。寝ている那奈の陰部をまじまじ見つめるのは……。

ピンクのパンティが息づいている。

男の性欲をそそるものは感じられない。男をその気にさせるしなをつくっていないのだから、それも、当然といえば当然だ。と、そこで伊原はハッとなった。

男が女に欲情するのは、女の意識的なしなに刺激を受けているからだ、と。熟睡している那奈の陰部は、ヒトという生命体の陰部でしかない。そこに彼女の意識と男の性欲が加わることで、陰部はいやらしいものになっていくのだ。

恥骨のあたりのパンティに顔を寄せる。

くちびるとパンティとの距離は約二十センチ。呼吸するたびに、下腹部が上下し、陰部のあたりも膨らんだり収縮したりを規則的に繰り返している。

くちびるを寄せていく。彼女は目を覚まさない。陰毛の黒々とした色が透《す》けて、パンティのピンクが茂みの部分だけ黒ずんでいる。

口全体で陰部を覆った。

愛撫して気持よくしてあげるというよりも、口を使って彼女の陰部を守ってあげるという感覚だ。だから、くちびるも舌も小刻《こきざ》みに動かしたりはしない。守っているのだから、ちょこちょことした動きは慎《つつし》むべきと思うのだ。

唾液《だえき》がパンティを濡らしている。じわじわと、シミとなる面積が広がっていく。伊原は自分の鼻息が荒くなっているのを感じる。那奈を凌辱《りょうじょく》している気分になって興奮しているのだ。

パンティを脱がした。眠っていて腰を浮かしてくれるわけではないから、それだけでもひと苦労だった。乱暴に脱がせば、彼女を起こすことになる。

彼女は本当に寝相が悪い。今は、伸ばしていた左足を曲げて、膝を立てている。右足はそのまま開いていて、陰毛の茂みをあらわにしている。

慎重に陰毛をかきわける。

縦長の茂みから、縦に割れた厚い肉襞が現れた。見慣れているはずなのに、新鮮な刺激を受けた。

天岩戸みたいだ……。

伊原はくちびるを寄せた。

本物の天岩戸には近づくことはできなかったが、那奈の天岩戸には口をつけることも、舌を差し込むこともできる。

割れ目の味わいはいつもと変わらない。厚い肉襞があり、その奥に、薄い肉襞が立ち上がっている。さらに奥に舌を進めると、うるみにまみれた肉が重なり合っている。天岩戸のようだと思ってみても、那奈の割れ目がそうなるわけではない。赤玉が入っているわけでもない。

クリトリスが膨らみはじめる。熟睡はつづいているのに、女体は快感に反応している。不思議だけれど、当然だとも思う。快感に反応しなくなったら、不能ということだ。眠っているのに、息遣いが荒くなってきた。快感が全身に広がっている。那奈の陰部全体の火照《ほて》りが、心なしか、強まっているようにも感じられる。

下腹部が上下する。厚い肉襞がうねる。割れ目だけを見つめていると、軀とは別の、意思を持つ生き物に思えてくる。

伊原はふっと、昨夜、彼女の軀に近づいた三つの赤玉のことを思い出した。この割れ目を味わった男が、自分を含めて三人はいるということだ。

男たちのことを想っても、嫉妬心は湧き上がってこない。それどころか、かわいそうに、という同情心がほとんどだ。

赤玉は本当に不思議だ。どれひとつとっても、なぜ、という疑問の声をあげたくなる。なぜ聖池に集まっていたのか、なぜ満月の夜なのか、なぜ天岩戸に隠れたのか、なぜそれを天突山《てんつきやま》にいた老婆が知っていたのか、なぜ赤玉は勃起と関係しているのか、赤玉を元の軀に戻せないのか、天岩戸から出てまた戻った赤玉の群れはそのままとどまるのか、別のどこかに向かうのか……。

今日の夕方、東京行きの飛行機に乗る。時間のゆとりはないが、もう一度、天岩戸に行くべきだと思った。聖池と赤玉乃滝と青玉乃滝も見たいし、聖池の存在を教えてくれた老婆にも再会したい。

でも、その前に、眠っている那奈を眠ったままで、絶頂に導いてみたい。男の技巧と度量を試してみたい。

クリトリスを弛緩《しかん》した舌全体で圧迫する。性欲は欲張りだから、たとえば、舌先を硬くして突っつくような強い刺激ばかりでは満足しない。どんなに強烈な快感も、単調だと飽《あ》きられてしまう。それがわかっているから、陰部全体を包み込むように圧迫することで、クリトリスに新鮮な快感を与える。

那奈の表情を見遣る。

熟睡しているからといって無表情ということはない。相変わらず、口の端《はし》が緩《ゆる》んでいて、笑っているように見える。愉悦《ゆえつ》に浸っている表情かもしれないし、気持のいい愛撫をもっともっとして、と無意識にねだっているのかもしれない。

割れ目全体が膨らみはじめた。

絶頂は近そうだ。

ぷくりと膨れた肉襞がひくつく。肉襞に埋もれていたクリトリスが突出してくる。鋭い円錐《えんすい》の形だ。鮮《あざ》やかな朱色に染まっていて、ギラギラとテカっている。

「ううっ、いくっ」

那奈が呻《うめ》いた。それでも眠っていた。

膝を曲げた足を硬直させながら、腰を震わせた。足の指が曲がったり伸びたりしている。目を覚まさない。すべてが無意識だ。割れ目からうるみが噴き出すように溢れ出てきた。生々しい匂いは、布団のあたりにとどまらずに、部屋全体に広がった。

その時だ。

信じられないことが起きた。

伊原は驚いて息を呑《の》んだ。鳥肌が立った。

割れ目から三つの薄い赤色の玉が、ゆらゆらと揺れながら出てきた。それは敷布団に落ちたりしなかった。空中に浮いていた。

幻覚？

伊原は自分の目を疑った。

あの時の赤玉は天岩戸の中に戻っている。ここに赤玉がいるのは理屈に合わない。自然がつくりだしたものは整然としているべきだし、理に適《かな》っているべきだ。なのに、今目の前で起きていることは理屈に合わない。つまり、自然の摂理《せつり》に則《のっと》っていない。

空中を今もまだ漂っている赤玉に目を遣る。三つをじっくりと見る。色が薄い。いや、違う。薄いというよりも、くすんだ赤色といったほうが正確だ。

伊原は深々とため息をついた。今こそ冷静に考える時だ。赤玉のことがわかりかけてきたのだから……。

赤玉は聖池から天岩戸に移動した。その間に、赤玉は生身の男の軀に入っていた時の穢《けが》れや汚れを浄化し、再生するのかもしれない。そして、真新しくなった赤玉は、新たな生命に宿るのではないか？

くすみは穢れかもしれない。煩悩《ぼんのう》と言い換《か》えることもできるだろう。再生するまでの間というのは、脆《もろ》くて危《あや》ういものなのか。

そんな大切な時に、赤玉が以前つきあっていた女性の存在を身近に感じたら……。

赤玉は生まれ変われないのではないか？　それを回避するために、妄念《もうねん》の赤玉をつくりだすのではないか？　今目の前に現れたくすんだ色の赤玉は、天岩戸にいる赤玉がつくった妄念かもしれない。

正しいか？　違うか？　勝手な解釈か？　自分も妄念にとらわれているのか？　冷静に考えるために、自問を繰り返した。もう少しで答が得られると思った時、那奈が慌《あわ》てた声をあげた。

「ああっ、わたし、どうなっちゃったの？」

驚くのは当然だ。知らないうちに下半身が剝き出しになっていたのだから。しかも、そこは絶頂にまで昇った後なのだ。

「びっくりすることがあるんだ。熟睡している那奈の周《まわ》りを、赤玉が三つ、漂っていたんだ。赤玉の群れに戻ったのを見ているから、ここにいるとは思わなかったよ」

「ほんとに？」

「那奈は眠っていただろうけど、何か異変に気づかなかったかな」

「無理でしょう、それは……」

「夢は？　夢、見ていなかった？」

「見ていました、確かに。でも、それが赤玉に関連するかどうか……。すごく不思議で可笑しい夢だったの」

那奈は思い出し笑いをするように、くすくすっと小さな笑い声を洩らした。

彼女の夢のあらましはこうだ。

伊原を含めた男三人が揃《そろ》ってやってきた。皆、深い関係になっていたが、三人の男は初対面のようだった。彼らが言うには、つきあっている時には気づかなかったけれど、君には若さが溢れている、別れたことは承知しているけれど、それでも一度でいいから君の若さに触れさせて欲しい……。図々しくも、そんなことを平気で口にした。もちろん、那奈は断った。すると、しつこくされることもなく、男三人はすごすごと出ていった。

夢の内容と現実に見えた赤玉との間に関連があるのかどうかわからない。ただ赤玉には、那奈と深い仲になった男たちの強い想いや念が込められているはずだった。

「男は純情だって言うだろう？　赤玉も同じだってことかな」

伊原はくすんだ赤玉を想った。それは実際に存在するものではなくて、昔の女への想いがつくりだしたものに思えた。天岩戸でひっそりと息づいてる本物の赤玉の想いの強さが、空間を飛び越えて、那奈の割れ目にやってきたのかもしれない。と、そこまで考えた時、マダム倫子の忠告が甦《よみがえ》った。

『女を連れていってはいけない』

彼女がなぜそう言ったのか。今は、これまで考えていた理由とはまったく別のことが浮かんでいた。

女子島のような、男だけが愉《たの》しめる場所があるから連れていってはいけない、という理由ではない。赤玉が再生し、新たな赤玉となる場所に、邪念を引き出したり吹き込んだりする元凶を連れていってはいけない、という理由だったのではないか？

「天岩戸に戻った赤玉って、そのまま隠れているのかしら」

那奈は疑問を洩らした。伊原は答えられなかった。そのためにも、帰京する前にもう一度、天岩戸を見たかったし、聖池にも、老婆にも再会して話したかった。

午前十一時。

よく晴れた土曜日だ。木々の緑は深くて濃い色をしている。

ふたりは今また、天岩戸を眺められる特設ステージにいる。

日中はさすがに観光客が多い。昨夜、那奈と交わった駐車場には、大型バスが三台停まっている。せっかく午前七時には起きたというのに、朝風呂に入ったり、朝食をとったりしているうちに、チェックアウトは午前十時を過ぎていた。

天岩戸に変化はなかった。昨夜と同じで、木々に覆われているために、裂け目がどこかよくわからない。その奥に無数の赤玉がひっそりととどまっているのかどうか。それを知ることはできない。

「何か感じる？　伊原さん」

那奈が寄り添いながら訊いてきた。何を意味しているのかすぐに察した。赤玉の存在を身近に感じるかどうか、と……。

「残念だけど、まったく感じないな。ビビッとくるものがあってもおかしくないと思うけど、ダメだ。那奈は？」

「わたしに訊いたって無駄じゃないかな。見ることができないんだから、感じることなんて無理でしょう。昨日、わたしのすぐ近くに三ついたんでしょう？　それさえ気づかないんだもの、遠くに見える天岩戸の奥のものなんて感じられないわ」

「ふたりとも感じないなんて、おかしいと思わないか？」

「昨夜は感じました？」

「よく覚えていないけど、感じた気がするな。だから、空中に無数にいるものにも気づいたし、その中から三つがポンと飛び出てきたこともわかったんだと思うよ」

「ということは？」

「赤玉はもう、ここにはいない。だから、ぼくたちは何も感じることができないんじゃないか？」

那奈は落ち着いた表情で、二度三度と深くうなずいた。そのとおり、とそのしぐさは言っていた。

では、次に向かうべきところは、いったいどこか……。

「わたしは、聖池の存在を教えてくれた老婆に会うべきだと思うの。あの人、意味深《いみしん》なことをたくさん言っていたでしょう?」

「そうだな、あの時の老婆の言葉が必要なのかもしれないな」

伊原はレンタカーのエンジンをかけた。那奈に気づかれずに、ため息を洩らした。高千穂に戻れば、赤玉を追うヒントがもたらされると期待していた。が、それは過大な望みだったようだ。

「伊原さん、そんなに落ち込まないで。不能が治ったわけではないけど、希望は確実に増えているでしょう?」

「ぼくは昨日のうちに、すべての問題が解決できると思っていたんだ。だから、がっかりしているんだよ。自分の赤玉が見えたんだからね。あれを体内に呼び戻せたら、ぼくは治るんだろうな」

「できるわよ、きっと」

「薬を飲んでみようかな。勃起不全なんて、あっさりと治っちゃうかもな」

「何、バカなことを言っているの。そんなことをしたら、自分の見た赤玉のことや、聖池の赤玉のこと、天岩戸に戻っていく赤玉の群れのこと、滝にいた猿のことなんかを切り捨てることになるのよ。せっかく、赤玉の真実に近づいているのに、そういったすべてを、あなたは捨ててしまうの?」

「たとえば、誰かが、青森《あおもり》に向かえという暗示の言葉を囁いたら、那奈も一緒に行ってくれるかい？」

「もちろん、行きますよ。伊原さんには悪いけど、わたしにとってこれは冒険なの。トレジャー・ハンティングみたいでワクワクしているんだから」

「それだったらいいんだけどな」

伊原は言うと、聖池に向かうことにした。そこに行けば、必ず、老婆と出会える気がした。根拠は希薄だけれど、彼女は聖池の番人だという気がしていた。

山深い土地に住みつづけるのは、何かの目的があるからこそだ。月に一度、満月の夜に聖池に集まる赤玉のために、老婆は生きているのではないか、と……。

預言《よげん》の輝き

午後一時。上々の天気だ。

高千穂の市街を抜けて、天突山に向かった。

山深い道に入る。昨日の夕方に同じ道を走っているのに、初めてのように思えてならなかった。

しばらく走って気づいた。

違いは空気だ。

フロントガラスから見える風景の違いではない。凜《りん》とした清冽《せいれつ》な空気だ。似ているものを挙《あ》げると、神社の参道の玉砂利《たまじゃり》を踏み鳴らしながら歩いている時の、身も心も清められるような空気だろうか。

那奈の様子も違っていた。普段ならうるさいくらいに話しつづけるのに、天突山に入ったあたりから、車外の風景を黙って眺めるようになっていた。今も押し黙っている。

国道を走っているのに一台の車影も見ていない。人の姿もない。山の自然の中を走っているというわけでもない。店ができては潰《つぶ》れる、と物見乃丘《ものみのおか》の茶店のおばさんが教えてくれただけに、朽《く》ち果てた家々が点在している。

見覚えのある風景が現れた。

伊原はブレーキを踏み、ゆっくりと車を端に寄せた。ここは昨夜、聖池の場所を教えてくれた老婆と出会った、自動販売機があるだけの場所だ。

伊原は車を降りて、半径五十メートルくらいを歩いた。建物は見当たらない。鬱蒼《うっそう》とした木々が迫ってくる。昨夜気づかなかったのは当然だが、午後の明るい陽射《ひざ》しの中を歩いているのに夜のように暗い。

老婆は白鳥《しらとり》イチ子《こ》なのだろうか。

白鳥イチ子は女子島の長老のタネのライバルだ。男性をもてなすことを第一義ととらえていたタネを、白鳥イチ子は排斥《はいせき》しようとしていた。権力争いだ。最終的には、タネが女子島での実権を握り、白鳥イチ子は『西に行く』という言葉を残して島を出た。

昨夜出会った老婆が白鳥イチ子である可能性は高い。

伊原は信じている。自分たちが伊勢から高千穂にやってきたのは、必然の導きだ、と。これまでのいくつもの出来事や出会いは、必然だった。その流れの中で老婆との出会いがあったとすれば、昨夜の老婆は白鳥イチ子でなければならない。

車を停《と》めてから十五分経《た》った。

変化は何もない。山奥の風景がつづく。人の気配も感じられない。老婆も老人も、滝にいる時に姿を見せた猿も現れない。

「伊原さん、当てがあって待っているわけではないんでしょう？　帰りの飛行機の時間のこともあるから、そろそろ、昨日行った不思議な池に行きましょうよ」

那奈が助手席の窓から顔を出しながら声を投げてきた。

彼女の言うとおりだ。当てがあるわけではない。これ以上は待っても時間の無駄かもしれない。

伊原が諦めて踵《きびす》を返したその時、老人が姿を見せた。

昨夜出会った老人だ。まるでこちらの動向を見極《みきわ》めたうえで現れたような絶妙なタイミングだった。

「あんた、昨夜はどうだった?」

老人は歩み寄りながら言った。聖池のことを意味しているのは明らかだ。ぶっきらぼうな口調だけれど、口元には笑みを湛《たた》えている。

敵意はなさそうだ。柔和《にゅうわ》な表情だ。歓迎しているような雰囲気さえ感じられる。伊原は丁寧《ていねい》にお辞儀《じぎ》をした。

「おかげさまで、聖池で素晴らしい体験をさせてもらいました。といっても、ぼくの悩みが解決したわけではないんですけどね」

「あんたが何で悩んでいるのかは知らんが、聖池にそれを求めても無理だろうな」

「というと?」

「あそこは悩みとは無縁の地だからだよ。その説明で十分ではないか? 月に一度の自然の神秘を見た。それを土産《みやげ》に東京に帰ればいい。あんたは、それでは不十分なのか?」

伊原は、老人がどういう意味で言っているのか理解できなかった。

すべてを見透《みす》かしたうえで意味のあることを言っているのだと思いながらも、老人が勝手にストーリーをつくっているようにも思えた。こちらの疑問に少しでも答えてくれたら、信頼できるのに……。

「ぼくはこれから先、どこに向かったらいいんでしょうか」

「そんなことを言われても、わしにはわからんよ」

「だったら、ぼくが昨夜出会ったおばあさんならどうでしょうか」

「世間知らずの地元のばあちゃんに、何を求めるんだ？　おかしな人だ」

「おばあさんと話したいんですけど、今、どちらにいるんでしょうか」

「きっと……」

「そうだと思っていました。これから会いに行ってきます……。ところで、おばあさんの名前は、白鳥イチ子さんですか？」

「どうして、その名前を知っておるんだ？」

老人はたじろいで一歩下がった。表情がこわばった。

やはり、関係があったのだ。

伊原は確信した。旅館から直接、熊本空港に向かわなくてよかった。ここに立ち寄ったのは正しかった。

「ぼくは女子島のタネさんとは関係ありませんから、心配しないでください」

「タネのことも知っておるのか？　あんた、いったい何者だ？　まだ、わしらにちょっかいを出そうと言うのか」

「ちょっかいだなんて、とんでもない勘違《かんちが》いですよ。ぼくはただただ自分の悩みを解決するために、はるばる東京からやってきただけです。観光客ではないですけど、あなたたちの世界に踏み込もうという野心のようなものもありませんから」

「そう願いたいな。戦後、わしらはずっと迫害を受けてきたんだ」

「ぼくが聞いているのは、タネさんと白鳥イチ子さんが、女子島で主導権争いをしていたと……」

「誰にそんなデマを吹き込まれたんだ？　そんなことではない。思想の違いといっていい。ふたりとも、人を幸せにするという目的に向かっていたんだ。でも、方法が違った。女子島を知っているなら、タネが現実主義の道を歩《あゆ》み、イチ子は神秘主義に走ったという分け方をしたら、あんたにもわかりやすいんじゃないか」

伊原はうなずいた。女子島で出会ったタネは生身《なまみ》の男を癒《いや》すために心血《しんけつ》を注《そそ》いだ。この老人が言うように、タネを現実主義者といって間違いない。一方、イチ子はどうか。赤玉が集まる聖池の守護者だとしたら、神秘主義者そのものだ。

「イチ子さんは聖池を守っているんですね。そうでしょう？」

「違う。すべてが違う」

「何が、ですか」

「あんたがイチ子だと思っている女性は別人だ。あのばあさんは、イチ子の従姉妹《いとこ》だ。名前は、白鳥イツ。彼女も女子島の出身者だ」

「聖池とイツさんの関係は？　それに、赤玉と聖池はどんなつながりがあるんですか？　赤玉と不能との関係も教えて欲しいんですが……」

「そういうことは、イツに訊くといい。どこにでもいる田舎《いなか》の老婆のように見えるが、すごい能力の持ち主だからな。あんた、イツをあなどらんほうがいいぞ」

「ご忠告はありがたいんですが、元々、あなどってなどいません。最大級の敬意を払ってきたつもりです。イツさんは、ぼくの悩みの解決につながるヒントを教えてくれるかもしれないんですからね」

「それならいいが……。あんたの口ぶりが、タネに偏《かたよ》っているように思えたから、心配になったんだ」

「ところで、あなたも女子島の出身なんですか？」

「そうだ、女子島で生まれた。でも、あそこでは育っていない。あの島では男が生まれると、島の外に出されるんだ」

「女性だけが生活する男のための島、というのは本当だったんですね」

「タネが提唱したことが、厳格に守られた。その結果どうなったか。島の人口が減り、島の衰退の大きな原因になった。島の繁栄を願っていたのに、結果はまったくの逆になった。皮肉なもんだ」

「あなたもイチ子さんの親類ですか。やっぱり、白鳥の姓？」

「わしの名前は、白鳥ツクモ。わしは男だから、女子だけを尊重するタネに反発して島とは縁を切った。もちろん、わしのような男ばかりじゃない。島の繁栄を願って、島の内外で、女にはできない仕事をする者もいるからな」

「ツクモさんも、イッさんともども、赤玉に深いつながりがあるんでしょう？」

「あんたには悪いが、わしの口からは言えん。ただひと言だが言えることがある。わしやイッがいなくなったとしても、赤玉と聖池の関係が消えることはない。太古の昔からつづいていることだからな」

伊原は眩暈がした。頭の芯が痺《しび》れてクラクラした。現実とは思えない話だ。

白鳥ツクモにも神秘があったのだ。単なる老人ではない。赤玉を守る番人？　白鳥イッとともに日本人の勃起の核である赤玉の死と再生を見守っているのだろうか？

「あなたと、また会えますか」

「その必然があるなら、会えるだろう。偶然の再会などないからな」

「ということは、ぼくが今こうしてあなたと再会しているのは、必然ですね？」

白鳥ツクモは深々とうなずいた。手の甲をこちらに向けながら指先を前後させた。あっちにいけ、という意味だ。深い皺《しわ》が刻まれた老人の顔は、聖池に行け、と言っていた。

伊原は丁寧に礼を言って、車に戻った。

那奈は助手席で待っていた。男同士のやりとりを遠くから見るだけに徹していたのは、彼女なりの気遣いだ。

「どうでした？　おじいさんと話し込んでいたけど、有意義な情報は得られた？」

「じいさんの名は白鳥ツクモ。ばあさんのほうは白鳥イツ。ここから人間関係が複雑に込み入ってくるんだけど、白鳥イチ子というばあさんがいるんだ。高千穂にはいない。どこにいるかわからないけど、イチ子が肝《きも》になりそうだ。それと、やっぱり、白鳥イツ」

「それはそうでしょう。赤玉が集まる聖池のことを知っていたんですからね。それにしても不思議だわ」

「何が？」

「だって、赤玉は女には見えないものでしょう？　なのに、どうして、白鳥イツさんはわかったの？　ツクモ老人が教えてくれるってこと？」

「それはないな。あの人たちの出身地では、女性のほうが偉い立場らしいんだ。だから、男に教えを乞《こ》うような真似《まね》はしないと思うな」

ツクモ老人がお辞儀をした。伊原は車のエンジンをかけながら、頭をちょこんと下げた。次に行くべきところはわかっている。昨夜、赤玉の神秘を経験した聖池だ。

竹林を走る。昨日と同じ道だ。ここも印象が違う。笹の葉に陽光が降り注いでいるからだろうか。

笹が風に揺れ、午後の光が乱反射する。

昨日と同じ場所に車を停めた。伊原はひとりで車を降りる。那奈は降りない。

小さな聖池を木々が覆いかぶさるようにして囲んでいる。水面《みなも》に太陽が映り込んでいる。風が吹くたびに、木々はざわめき、水面のさざ波とともに太陽が揺れる。

白鳥イツは池の縁《ふち》に腰をおろしていた。

両手は太ももに載せたままだ。動いていない。何かの作業をしている様子ではない。かといって、ぼんやりと池を眺めているのとも違う。瞑想《めいそう》？　祈りを捧《ささ》げている？　呪文《じゅもん》を唱《とな》えている？　そのどれであっても、老婆の姿は美しい。

「イツさん……」

伊原は三十メートルほど離れたところから声をかけた。

うつむいていた老婆は、素早く顔を上げた。慈《いつく》しみに満ちた眼差しを放っていた。

「あんたは、昨夜の……。昨夜は、ここに来なかったのかい？」

「来ました。素晴らしい神秘を見ることができました。今でも信じられません。池の中と空中に、赤玉が満ちていたんですから」

「で、わしに何の用だ？」

「今日、東京に帰りますけど、その前に、イツさんに会わないといけないと思ってやってきました」

「なぜ、名前を知っているのかな」

「ツクモさんに教えてもらいました。ぼくはあなたのことを、白鳥イチ子さんだとばかり思っていたんです」

「まったく、じっちゃんはおしゃべりなんだから……」

「イチ子さんはどこに？　赤玉はどこに行ってしまったんですか？　この池に集まった赤玉は天岩戸に移ったんですか？　イッさんならご存知でしょう？」

「質問が多いね」

「いっきに訊いても、答えられませんよね。いいですか、まずひとつ。イッさんは、聖池に集まる赤玉を守っている番人なんですか？」

「違うな、それは。わしは齢《とし》をくっても女だから、赤玉が見えないんだ」

「見えないからって、守護者になれないこともないでしょう？　見えないからこそ、できるとも考えられます」

「鋭いね、あんた」

「イチ子さんとは従姉妹同士ですよね。そもそも、聖池の守護者は白鳥イチ子さんだったんですか？　それとも、イッさん、あなたがこの池を守っていたんですか？」

「わしじゃない。イチ子だ。彼女はすごい人物だけれど、母親のヤエはもっとすごかった。神秘主義の急先鋒《きゅうせんぽう》だった。ヤエが聖池の存在を予言し、それを実際に見つけたと言われているんだ」

「ということは、赤玉は本当に存在しているということですね」

「そのとおり」

白鳥イツはきっぱりと言った。赤玉の真実に近づいているのを実感した。

「昨夜、ぼくと恋人が天岩戸にいたら、赤玉が三つだけ、隊列を離れてやってきたんです。彼女が目当てでした。三つの赤玉の中に、ぼくのものもあったはずです。なのに、ぼくの体内に戻らなかった。どうしてですか。イツさんならわかるでしょう?」

「知らん。あんた、もう少し落ち着いたほうがいい。カッカするのはわかるけど、わしには赤玉を目で見ることができないんだからね。どうすれば、体内に戻せるかなんてことは、女のわしにはわからんよ」

「だったら、どうすれば……」

「わしにその問いの答を求めても無理だ。それを教えてくれる人と、あんたはまだ出会っていないということだ」

「ぼくはどこに行けばいいんですか?」

「天岩戸の扉は、どうなった? よく考えることだね」

「扉?」

「天岩戸に隠れていた天照大神が現れた時、すぐそばで待ちかまえていた天手力男神《あめのたぢからおのみこと》が、天岩戸の扉を千切《ちぎ》り取って投げ飛ばした。『古事記《こじき》』を知らんのかな? 扉が飛び落ちた土地に、行くべきじゃないか?」

「というと、信州《しんしゅう》の戸隠《とがくし》、ですか」

白鳥イッがうなずくのを見て、伊原は背中に鳥肌が立つのを感じた。また一歩、赤玉の真実に近づいた。

「ぼくの軀から消えた赤玉を、そこで取り戻すことができるんですか?」

「わからないね、そこまでは……。どこに行ったとしても、必然はあるもんだ。体内に戻せるかどうかは、それが必然かどうかということと深く関わっているだろうな」

「ありがとうございます。イッさんがそう言ってくれたおかげで、ぼくは希望が持てました。いつかは必然がくるってことですからね」

伊原は全身が熱くなるのを感じた。股間にその熱が集中していくようだった。といっても、勃起はしない。陰茎の先端が熱くなり、ふぐりがひくつくだけだった。

「赤玉はどういう運命を辿るんでしょうか。イッさんは知っていますか」

「生まれ変わるんだ。聖池は生前の赤玉にみそぎをさせる場と思っていい」

「みそぎを済ませた赤玉が、天岩戸に入るんですね。そこにどんな意味があるんですか」

「『古事記』によると、天岩戸から天照大神が現れて、真っ暗な闇になっていた世界に光が戻った、と言われているだろう?」

伊原は唸《うな》った。赤玉の再生を意味しているとしたら、昨夜見た三つの赤玉のひとつは、今はもう、自分の赤玉ではないということか。輪廻転生する魂《たましい》と同じように、赤玉が宿る肉体も変わるのではないか。だとしたら、赤玉をどんなに追いかけても無駄だ。

「自分の肉体から離れた赤玉を、もう一度、戻すことは可能なんでしょうか」

「わからん……。ただひとつ言えるのは、この世界に不可能はないということだ。これで十分だろう」

白鳥イッは立ち上がった。しっかりとした足取りで歩きはじめた。声をかける間もなく、イッは森に消えた。

# 第三章　真実の扉

## マダムの知恵

伊原は今、マダム倫子の喫茶店にいる。

午後十時半過ぎに客はひとり。相変わらず、客の入りが悪い。なのに、マダムはそのことを気にする素振《そぶ》りを見せたことがない。

今夜のマダムは、夏のセーラー服姿だ。ブラジャーは深紅《しんく》。白色のセーラー服に透けて見える。それがわかったうえで着けているのか。でも、内装のどぎつい赤色が強烈なせいか、マダムのブラジャーのことはさほど気にならない。

伊原はグラスに残っているビールを飲み干した。西に行け、とアドバイスをしてくれたマダムに、高千穂での出来事のあらましを伝えたところだ。

「で、どうだったの？　成果はあった？」

マダムがセーラー服のリボンを結び直しながら言った。

話題が気に入らないのか、目を合わそうとしなかった。伊原はその理由の想像がついた。高千穂について話すとなると、当然、マダムの母親のタネと敵対していた白鳥イチ子について話題にすることになる。気乗りしないとしても不思議ではない。

「成果はありましたよ。赤玉が本当に存在しているとわかったんですから」

「だけど、女には見えないんでしょう？」

「マダムは女子島出身だけのことはあるなあ。赤玉について詳《くわ》しいですね」

「それって、お世辞《せじ》のつもり？　わたしにとっては、当たり前のように耳にしてきたことだから……。女子島に生まれ育った女は、男のために生きなさい、と幼い頃から叩き込まれてきているの」

「なのに、マダムは今、東京にいる。なぜですか」

「赤玉を失って途方に暮れている男性を導くために、わたしはここにいるの。簡単に言うと、女子島の東京出張所といったところかしら」

マダムの瞳がキラッと輝いた。伊原はその瞬間、彼女の意志の強さが眼差しに表れたのだと思った。が、次の瞬間、違うと思い直した。言葉の裏に、別の意味を隠していると直感した。

「ほんとですか？　男を女子島に案内するために、ここに店を出しているだけとは思えないなあ」

「わたしを信じたほうがいいわよ。そうしてきたからこそ、高千穂に行くことができたんでしょう？」

「地方の県の多くが、銀座《ぎんざ》や青山《あおやま》にアンテナショップを出していますけど、それって、名産品を宣伝するためだけじゃなくて、市場調査の役割もしていますよね。この店も、そうした役割を担っているんじゃないですか」

伊原は何気《なにげ》なく言った後、ギクリとした。もしかしたら、敵対している白鳥イチ子の勢力についての情報を仕入れるために、ここに店を出しているのではないかと思ったのだ。奇妙な勢力争いに巻き込まれるのは勘弁《かんべん》して欲しい。伊原は話題を変えた。勃起不全が治ればいいだけなのだ。

「マダムの言いつけをすべて守ったわけではなかったんです。女性を連れていってはいけないと言われましたけど、それは守れませんでした」

「不都合はなかった？」

「取り立てて、なかったように思います。逆に、那奈がいて助かりました。彼女のこと、マダムも知ってますよね。男が土地の人に何かを訊くよりも、彼女がいてくれたおかげで警戒されなかった気がします」

「赤玉は見えた？」

「見えました。しかも、無数にある中から、自分の赤玉が飛び出てきたんです。錯覚ではないし幻覚を見たわけでもありません。恋人が引き寄せてくれたんです」

「身をもって、でしょう?」

「そう言うってことは、ぼくが恋人と何をしたのか、マダムにはわかるんですね」

「がっかりしなかった?」

「確かに、マダムの言うとおりです。いくつか赤玉が出てきましたからね。彼女とセックスした男たちの赤玉だと気づいて、まいったなと思いました」

「だから、連れていってはいけないと言ったんじゃない。仲たがいの大きな原因になるデリケートな問題だから……」

「ぼくたちは大丈夫でした。ぼくが彼女の過去の男性関係にこだわっていなかったことが幸いしたんですね」

「それはよかった……。でも、解決はしていないんでしょう? 赤玉を求めて次にどこに行くべきか、あなたはわかっているの?」

伊原は敢《あ》えて首を横に振り、わからない、というしぐさを見せた。

行くべき場所には、マダムの母のタネが敵対している白鳥イチ子がいる。マダムが中立の立場で、アドバイスしてくれるかどうかわからない。そんな不安がないと言ったら嘘《うそ》になる。不必要な先入観を植え付けられるのも勘弁だ。

だからといって、マダムを疎《うと》んじる気はない。赤玉への道筋をつけてくれた恩人なのだ。これからだって、有意義な情報を教えてくれるはずだ。白鳥イチ子との関係においてだけ、マダムに注意すべきということだ。

「何も答えないところをみると、行くべき場所がわかっているのね。わたしが当ててあげましょうか。その場所は、戸隠でしょう?」

図星《ずぼし》だ。彼女は自慢げな表情をつくることもなかった。マダムはわかっていたのだ。

「そのとおり、戸隠です。なぜ、最初から戸隠に行くべきだと教えてくれなかったんですか? 伊勢や高千穂に行ったことを無駄とは言いませんけど、ショートカットできたんじゃないですか?」

「無駄なことはひとつもしていないから、安心していいわよ。冷静に考えて。伊勢に行かなければ、あなたは女子島を知ることができなかった。タネのことも耳にしなかった。高千穂に向かえという導きを受けることもなかったはず。その二カ所に行ったことで、必然の意味がわかったでしょう?」

確かに、マダムの言うとおりだ。つまり、伊勢と高千穂に行かずに戸隠に向かうのは不可能なことだった。

「戸隠に何があるんでしょうか。マダムはわかっているんですか?」

「わたしがわかっていたとしても、あなたは行かないといけない」

「戸隠で答を見つけるしかないとわかっていても、訊きたくなるのが人情ですよ。高千穂から消えた赤玉がはたして戸隠にあるのか、女子島を追い出された白鳥イチ子もそこにいるのか……」

マダムはうなずくと、視線を出入口に向けた。

女性客だ。伊原はカウンターに坐《すわ》りながら、目の端に入れる。この店にいて、初めてほかの客が入ってくるのを目撃した。女性客は、那奈ではない。

「倫子さん、お久しぶり」

女性は馴染《なじ》み客のようだ。背後をゆっくりと歩く。

女性客はカウンターのひとつ空《あ》けた隣の席に腰をおろした。

さりげなく横顔を見遣った。その瞬間、「あっ」と驚きの声を洩らした。

マキだった。

女子島で出会って濃密な関係になった女性だ。忘れるわけがない。

「マキちゃんだよね。すごい偶然があるもんだ。どうして、君がここにいるの？」

伊原は自分の相好《そうごう》が崩れるのを感じる。女子島に行かない限りは会えないと思っていただけに、うれしい再会だ。

マキを見つめる。

長い髪は紫がかった焦《こ》げ茶色だ。強い直射日光を浴びているはずなのに、肌は色白。髪も傷《いた》んでいない。潤《うる》みを湛えた瞳は清純さを感じさせる。それでいて、大人《おとな》の女としての輝きも放っている。

「都会の空気を吸うことも大切だって、倫子さんが言ってくれたから……。女子島ではできない気分転換のためです」

彼女は丁寧な口調《くちょう》で言う。馴《な》れ馴れしくしない、適度な距離感を保ってくれていることが、伊原にとっては心地《ここち》よかった。

「マダムが招いたんだ。ということは、マダムの家に泊まっているのかな?」

「違います。倫子さんのところにいたら、わたし、気分転換なんてできません」

マキが言い終わると、マダムが口を挟んできた。今までと変わらない口調と表情で、びっくりするような提案をしてきた。

「女子島で歓待したんだから、今度は、伊原さんに接待してもらったらどう? 東京で出会ったのも何かの縁じゃないかしら」

「いいのかな、ぼくなんかが接待役を担っても。そういうことをしてくれそうな男なんて、たくさんいそうだよね」

「羽《はね》を伸ばすんだもの、マキちゃんだって相手の男性は選びたいでしょう。誰でもいいわけじゃない」

マダムが言うのを、マキは黙って聞いているだけだった。時折、恥ずかしそうにうつむき、口元には恥じらいを含んだ微笑を湛えた。誘われるのを待っているかのような雰囲気を漂わせていた。

「マダムの言うことを、本気にするよ。マキちゃん、それでいいのかい？」

伊原は遠回しに誘った。自分の声がうわずっているのがわかった。那奈という恋人の存在を知っているマダムの目の前で、別の女性を誘っているのだ。

マキは迷っていなかった。彼女は羞恥《しゅうち》を払いのけるように、にっこりと微笑みながら視線をぶつけてきた。

「わたし、伊原さんが島を去ってからも、ずっと、心残りだったんです。悩みを聞いて、解決してあげるために生きているのに、何もしてあげられなかったから……」

「情が厚いんだなあ、女子島の女性というのは。女子島を出ても、情の厚さは変わらないんだね」

女子島での出来事が、ありありと甦ってくる。あの夜、もしも勃起できていたら、間違いなくマキとつながっていたはずだ。

伊原はマダムに目を遣る。誘っていいかどうかを確かめるために。カウンターの中で、彼女は微笑みながらうなずいた。それはオーケーという意味であり、恋人の那奈にも秘密にするということだと理解できた。

「それじゃ、マキちゃん、行こうか」

カウンターの席から腰を浮かしながら、伊原はマキをうながした。絶対についてくる。根拠のない自信が満ちていた。

マダム倫子の店を出て、三十分ほど経った。

午前零《れい》時が近い。

伊原は今、マキが泊まっている中央線沿線のビジネスホテルにいる。マキがついてきたと言うべきか、マキについていったと考えたほうがいいか……。

部屋はお世辞にも広いとはいえない。ソファなどという気の利いたものはなくて、シングルベッドだけで空間を占《し》めているような狭さだ。女子島で伸び伸びと暮らしているマキには窮屈《きゅうくつ》な空間だろう。

伊原はベッドの端に腰を下ろしている。壁際《かべぎわ》にしつらえられているテレビ台兼ライティングデスクの椅子には、マキが坐っている。

スカートからのびやかな足が見える。光沢《こうたく》のあるストッキングは男心を刺激する艶《つや》やかな光を放っている。

「東京には何度も来ているのかい？」

「それほどでも……。十回にも満たないと思います」

「マキちゃん、緊張しているのかな。女子島の時からすると、よそよそしくて、別人のようだよ」

「ごめんなさい、あなたが心地よくなることを願って一緒にいるつもりなのに……。どうして、わたしって、失敗ばかりしちゃうんだろう」

「失敗？　今失敗したかい？　おかしいよ、マキちゃん」

「だって、あなたの悩みはまだ解決していないんでしょう？」

「それはマキちゃんのせいではない。もっと根の深い問題だから、どうにもならないんだよ。女子島でちょこっと遊んだくらいで解決できることじゃなかったんだ」

「わたし、悲しい」

マキが本当に悲しげな表情を見せた。彼女は本気で、赤玉を失った男の勃起不全を治せると思っているのだ。でも、彼女にできることはない。

「そんなに悲しい顔をされると、ぼくまで悲しくなってくるじゃないか。悲しませるために、女子島の女性は存在しているんじゃないよね。ほら、笑って笑って」

彼女はようやく顔をあげて微笑を口元に湛えた。でも、顔はひきつっている。責任感の強さが、彼女にそんな表情をつくらせているのだ。

伊原は深い吐息《といき》をついた。せつなくなった。マキに対して、那奈への想いと同じ類《たぐい》の愛《いと》しさが胸に満ちていく。会うのは二度目だというのに。

「こっちにおいで。ぼくのそばに坐ってくれるかい。わかっているだろうけど、ぼくがオオカミになって襲っても、最後まではできないから怖がることはないよ」

「信頼していますから、わたし、怖がってはいません。どんなことでも、あなたが望むことはやってあげたいと思います」

「でも、勃起はしないと思うよ」

「赤玉がないから？」

「うん、そうだ……。伊勢から高千穂に行って、赤玉を見つけることができたと思ったけど、残念ながら、また振り出しに戻ってしまったんだ」

「赤玉は見つけたけど、取り戻せなかったということですか？」

「おおまかに言うと、そういうことになるかな……」

「わたし、お手伝いします」

「ありがとう、その気持だけでもすごくうれしいよ。味方がいるといないとでは、心の強さに違いがでるからね」

「勝算はあるんでしょうか」

「正直言って、自分の赤玉を追いかけても、自分の体内に戻せる気がしないな。何かの大きな仕組みがわかってからじゃないと無理だと思うようになったんだ」

伊原は冷静だった。高千穂での出来事や、出会った人たちのことを考えてみると、単なる偶然とか幸運によって、赤玉を取り戻せるという類のことではないと思うのだ。太古から存在する目に見えない大きな枠組みに入り込まないと、自分の願いは叶えられない気がしてならなかった。だから、勃起不全を治す薬を飲んでも無駄なのだ。

マキが横に坐った。

彼女の髪や洋服から甘い香りが漂ってくる。島に住んでいるからといって潮《しお》の匂いはまったくない。センスはいい。上品でもある。ネックレスやバッグを見ても、伊勢の離れ小島に暮らしているとは思えない。

「マキちゃんと呼んでいるけど、本名かい？　フルネームを教えてくれるとうれしいな」

「青井《あおい》マキです。女子島では白鳥という姓が突出して多いんですけど、青井という姓も少なくはないですね」

「白に青かあ。色にちなんでつけたのかな。ほかの姓で多いのは？」

「伊原さんの推測どおりです。黒森《くろもり》と赤沢という姓も多いんです。白鳥の次くらいでしょうか」

マキが白い歯を見せて笑った。ようやく、愛想《あいそ》笑いではない笑顔を見ることができた。美しい微笑だ。相手に対して信頼を寄せているからこその笑顔だ。

彼女の肩を抱く。ふっくらとしていた印象があるけれど、肩の骨を感じてしまう。こんなにも華奢《きゃしゃ》だったのか。伊原はひどく緊張していた。東京で那奈以外の女性に触れるのは久しぶりだった。いつ以来なのか、思い出せないくらいだ。

「白に青に黒に赤。女子島では苗字《みようじ》によって役割が与えられていたりするのかな」

「どういうことですか、それは」

「たとえば、白鳥という姓の人は男の喜びのためにどうすればいいのかを考える指導者になるとか、青井という姓を持つと、実際に喜びを与える実践者になるように育てられるとか、黒森は裏方の仕事を一手に引き受ける役割とか……」

「ははっ、まったくそんなことはありません。伊原さん、すごい想像力ですね」

「本に囲まれて生活しているせいだよ。気に障《さわ》ったら、ごめん。室町《むろまち》や江戸《えど》の時代ならともかく、今のこの世の中で、姓によって仕事の役割が決まるなんてことはないよね」

「わたしは女子島が好きで離れたくなかったんです。でも、仕事はない。数少ない仕事の中から、自分にとってやりがいのあるものを選んだんです。物心ついた頃から、男の喜びというものについて教えられていたという影響もあるんでしょうけど……」

「ほんとに特殊な島だね。東京に戻って女子島のことを調べてみたけど、記述しているものがほとんどなかったよ。資料がないことに驚いたな」

「好奇心が旺盛《おうせい》なんですね。その好奇心を横道にそらしたら、大変なことになってしまいますからね。それだけは心に留《と》めておいてください」

マキが睨《にら》みつけてきた。それを伊原は、女子島については秘密にしなさい、という意味だと理解した。

「わかっているから、安心していいよ」

伊原はうなずくと、マキを引き寄せた。

くちびるを重ねた。強引だと思ったけれど、女子島の教えを体現している彼女なら拒《こば》むことはないと思った。

マキのほうから舌を絡《から》めてきた。女子島の女性だけのことはある。「ううっ」という甘い呻き声が口の端から洩れた。彼女は乳房を擦り付けるようにしながら、同時に、男の股間に手を伸ばしてきた。

## 女神と欲望

マキの指が股間を這う。萎えたままの陰茎の輪郭《りんかく》をズボンに浮《う》き彫《ぼ》りにする。幹のあたりを摘《つま》んでゆっくりとしごく。ズボンとパンツの異なったふたつの生地《きじ》越しでも、彼女の指は、男の快感の引き出し方を心得《こころえ》ている。

伊原はベッドに仰向《あおむ》けになった。彼女にさりげなく押し倒されたのだ。

彼女の長い髪が乱れる。それは動いている細い指を掠《かす》めながら揺れる。顔を上げる。整った顔立ちなのに、冷たい印象はない。やさしい微笑のせいだろうか、愛らしさばかりを感じる。

「ねえ、伊原さん。わたしって、潮の匂いがするでしょう?」

マキは少し照れながら言った。

髪からも軀からも甘い匂いが湧いているけれど、潮の香りはしない。田舎臭さに通じるダサさもない。

「変なことを気にするんだね。まったく、感じないから大丈夫だよ。匂いといったら、男心を刺激するものしかないな」

「ほんと? それだったらいいんだけど……。日本の最先端の街にいるのに、田舎の気配を感じさせたら悪いなって思っていたんです」

「その逆だよ。ぼくは、伊勢の匂いを感じたいくらいだ。女子島で生まれ育ったことを誇りに思っていいんじゃないかな」

「はい、もちろん。その思いはいつも抱いていることです。東京に来ても、ぜんぜん、忘れていません」

やさしい口調ながらも、自信に満ちた響きがあった。彼女が意識している以上に、郷土に対する愛着の強さが表れていた。

伊原は新鮮な衝撃を受けた。自分にはないことだった。

生まれ育ったのは、神奈川《かながわ》県の中央に位置する海老名《えびな》という町。豊かな自然がありながらもほどよくにぎやかだった。

愛着はあったが好きではなかった。すぐ近くに、米軍の厚木《あつぎ》基地があるせいだ。アメリカ軍の飛行機は、昼夜かまわず離着陸していた。子どもの頃から騒音に悩まされてきた。子ども心に、大学に合格したら、海老名を出ようと決め、実際、そのとおりに実行した。故郷が好きだったら、そんなことはしなかっただろう。だからこそ、マキの想いの深さが心に響いたし、うらやましいとも感じた。

陰茎がズボンから引き出されて垂直に立てられた。

先端の笠が彼女の口におさまる。温かい口だ。性感帯を的確に攻める舌だ。陰茎の奥に、鋭い快感が生まれる。お尻から腰を貫《つらぬ》き、背中を駆け上がって後頭部に刺激が走る。

勃起はしない。

残念だったが、安堵《あんど》も覚えていた。快感への感度が、以前と変わっていないからだ。もし、気持よさを感じなくなったら、勃起を望むのは無理だと思う。だからこそ、今は勃起するかどうかということ以上に、伊原は気持いいと感じるかどうかを気にしていた。

マキの肩に手をかけた。ブラジャーのストラップの感触が伝わった。黙ったまま、その手を前後に二度揺すって、ブラウスを脱ぐようにうながすと、彼女は察した。

ブラウスのボタンが外された。ブラジャーだけの姿になった。

伊原は息を呑んだ。

予想していなかった光景が広がった。

目を見開いた龍の入墨《いれずみ》が、彼女の背中に彫られていた。

本物だ。シールではない。二の腕のあたりに彫るタトゥなどとも違っていた。背中一面だ。右の肩甲骨《けんこうこつ》のあたりが、牙を剝いた口だ。ウエストのくびれの左側に、緊張感のある尾。水墨画《すいぼくが》で見たことがありそうな古風な龍が、背中から今にも飛び出してきそうだった。

伊原の心と軀は一瞬にしてこわばった。入墨を彫っている人とは縁がない。平凡な社会生活を送る者にとって、もっとも忌み嫌うもののひとつといっていい。

女子島を健全な島だと思ったのは間違いだったのか。

伊原は眩暈がして目を閉じた。

不安が増幅する。疑心暗鬼《ぎしんあんき》になっていく。マキは裏稼業《うらかぎょう》に生きる女だったのか？　そのスジの男たちと関わりがあるのか？　タダほど高いものはないという諺《ことわざ》があるけれど、女子島でのタダの遊びは、実は高くついたということか？　こんな女に関わっていたら、身ぐるみ剝《は》がされてしまうぞ……。

気持いいという感覚は吹き飛んでいる。それでも、下着だけになったマキの肢体《したい》から目が離れない。見事なプロポーションだ。触れなくても、柔肌が弾力に富んでいるのはわかるし、キメの細かさも見て取れる。

女子島で彼女の全裸を目にしているはずなのに、なぜ、入墨に気づかなかったのか。赤玉を失ったことで、女性への観察眼も失ってしまったのか？　あの時、マキを見ていたのではなくて、見た気になっていただけなのか？　マキのことも店のことも女子島のことも、つぶさに見るだけの心の余裕がなかったのか？

「マキちゃん、すごいものを入れているんだね。島では気づかなかったよ」

「ああっ、これ……」

マキは背中を見るように振り返った。悔《く》いているような暗い声音ではない。そうかといって、あっけらかんともしていないし、誇《ほこ》っている雰囲気でもなかった。彼女は気負《きお》っていなかった。彫るべくして彫ったもの、という感じだった。

「緊張するよ。女性の入墨を見るのは、初めてだからね。ぼくの知っているマキちゃんではなくなったみたいだ」

「驚いたでしょうけど、お願いですから、警戒しないで……。入墨を入れているけど、わたしは、かたぎですからね。ヤクザさんたちとはいっさい関係ありません」

「そういうスジの人でもないのに、これほどの見事な入墨を彫るものかな」

「彫るものです」

「つまり、それは理由があるからだよね？　単なる好奇心で入れるレベルを超えているだろう？　これって、女子島に残っている風習なのかな？」

「風習といえば風習でしょうか。女子島を出て西に向かった白鳥イチ子さんの背中には、虎の入墨が彫られているそうです。わたしは見たことがありませんから、確かではありませんけど……」

伊原は天啓《てんけい》を得た気がしてハッとなった。こりゃ、驚いた。ぼくの想像が正しければ、すごいことになるぞ。胸の高鳴りが大きくなるのを感じながら、思い浮かんだ言葉を口にした。

「青井マキの背に龍が彫られ、白鳥イチ子には虎か。もしかしたら、女子島の赤沢さんの背には朱雀《すざく》、黒森さんの背には亀に絡みつく蛇の玄武《げんぶ》が彫られているんじゃないか？」

マキが小さくうなずくのを見て、心臓がはち切れそうになるくらいに高鳴った。想像は当たった。

四神相応《ししんそうおう》を体現しているのだ、女子島の女性たちは。

それは陰陽五行説《いんようごぎょうせつ》と関わりがあるものだ。青は青龍《せいりゅう》、白は白虎《びゃっこ》、赤は朱雀、黒は玄武。その思想をなぞるように、青井姓のマキの背に龍が、そして白鳥姓には虎、赤沢姓には朱雀、黒森姓には玄武が彫られているということだった。

「何のために、背に四神の入墨を彫っているんだい？　まあ、訊いたところで、マキちゃんが答えてくれるとは思えないけどね」

伊原は自嘲気味に言った。口を閉ざしたとしても不思議ではない。女子島がなぜ伊勢の近くにあって、男たちの喜びのために存在しているのか、その根幹に関わっているだろうからだ。それに、赤玉との関連もあり得る。

四神は色を意味しているだけではない。そもそもは、方角を司っている。

青龍は東、白虎は西、朱雀は南、玄武は北。

頭の中を整理しているうちに、なぜ、喫茶店のマダム倫子が『西へ行け』と言ったのか、合点《がてん》がいった。

西とは白虎を指《さ》していたのだろう。つまりそれは、白鳥イチ子の背中に彫られているものだったのだ。あの時、東京から見て西に行くという意味だと思っていたけれど、そんな単純なものではなかったわけだ。

白鳥イチ子はかつて女子島にいた。青井マキは今も島で暮らしている。赤沢姓の人も黒森姓の人もだ。伊原はここでもう一度、四神相応が方角を司っていることを考えてみてから、マキに声をかけた。

「マキちゃん、別の質問をひとつ。今度は簡単だから答えてくれるね。白鳥イチ子、マキちゃん、黒森さん、赤沢さんは、それぞれ、島のどのあたりに住んでいるのかな」

「四人はそれぞれが、東西南北に分かれて居《きょ》を構えています」

「白鳥イチ子さんは島を出たけど、そうなると欠けができちゃうよね。どうしたのかな」

「欠けというものは当然、嫌われます。補《おぎな》うために、白鳥家から新たに女性を選んで虎の入墨を入れたと聞いています」

「方角を司るということだけど、それは島の風習というだけ？　違うよね？　意味があるんだよね……」

「わたしにはわかりません。タネさんの言うがままに従っているだけですから」

マキは背中を向けたまま、ブラジャーのストラップを落とした。

龍は躍動《やくどう》していた。とりわけ際立《きわだ》っていたのは、龍の目だ。

女子島《おなごじま》の四神《ししん》

マキを背後から抱きしめた。背中の龍の存在を知る前と後では、彼女の印象が違っているように思えた。女子島でふたりきりになった時は、マキを娼婦のように思っていたが、今は特別な存在と感じる。

落ち着かない。気持よさを味わうどころではない。

龍をかき消すように胸板《むないた》で覆っていることも気になる。龍が怒りだすのではないだろうか。いくつもの不可思議なことを目の当たりにしてきたから、入墨の龍が怒ったとしても不思議ではないと自然に思える。

「こうして抱いているってことが、龍の目を塞《ふさ》いだり口を覆うことになりそうでちょっと不安だな。それに気分を害さないかな、龍は」

「可笑しな人。気の回しすぎです。わたしの軀に刻まれたものですから、どんなに迫力のある龍でも、わたしが支配しています」

「そうかい？　女子島の四神のひとつということになると、マキちゃんが支配していると は到底思えないけどね。そんなことができる人がいるとしたら、タネさんくらいだろうな。入墨を彫るように命じた張本人だし、長老だからね」

マキは曖昧《あいまい》な微笑を浮かべるだけで、答えてはくれなかった。

乳房を背後から揉《も》み上げる。張りと弾力に富んでいる。指に揉む快感が生まれる。包み込むようにして抱いているから、自分のものにしているという満足感が強い。

乳首を摘む。幹を圧迫する。てのひらで乳房の下側から押し上げるように愛撫する。赤玉を失ったが、女体に対しての情熱は失っていない。愛撫していれば、勃起しないことや惨《みじ》めな思いを忘れることができる。

パンティを脱がした。全裸のマキを仰向けにして、伊原は寄り添うように横になった。その時ふっと、先ほどとは別の新鮮な感覚が生まれた。

主導権を握っているという実感だ。

那奈とのセックスでも、当然、主導権は握っていた。が、内心は安らかではなかった。常に、勃起しないことへの申し訳なさや負い目があった。悪いなあと思っている男に、真の主導権はない。

　ところが、マキに対しては、すまないという気持は湧かなかった。負い目もなかった。那奈の場合とは違って、初対面の時から勃起しなかったし、勃起不全という悩みを打ち明けていたからだ。

「もう一度訊くよ。女子島の真東に青井マキ、真西に白鳥さん、真南に赤沢さん、真北に黒森さんが住んでいるんだよね。災厄《さいやく》から島を守り、繁栄を願ってのことだろうけど、本当にそれだけなのかい？」

「野暮《やぼ》ですよ。女を裸にしているのに、そんな話を切り出すなんて」

「気になることがあると、勃起不全にも影響するから、クリアにしておきたいんだ。教えてくれよ。君は本気で、ぼくのモノが勃起することを願っているんだろう？」

　強引に理屈をこねたが、マキはびくともしなかった。陰部を隠そうともせずに微笑んでいた。堂々としたものだ。いくら強引に答を引き出そうとしても無理だ。

「そういえば、女子島の中心には、何があるのかな。あの日、ぼくは夜中に島に着いて、早朝には島を出たから、島の様子を知らないんだ」

「中心には神社があります。黄天《こうてん》神社。天照大神を祀《まつ》っています」

「さっき、四神相応のことを話したけど、あれは、四神の場合と五神の場合があるんだよ。マキちゃんも知っているんじゃないかい？　五神の場合、黄色の竜、黄竜《こうりゅう》を加えるんだ」

「はい、そうです。タネさんが教えてくれたから、知っています。黄竜を、四神の長《おさ》とも言います」

伊原はうなずいた。四神が東西南北を守り、黄竜が中央を司る。

彼女の乳房に手を伸ばす。仰向けになっているのに、脇に流れてはいるものの、美しい椀の形は保っている。静かな息遣いのたびに、硬く尖《とが》った乳首が小刻みに震える。乳房全体がほんのりと赤みを帯びている。女体が興奮している。

彼女に寄り添《そ》いながら、乳房の稜線《りようせん》を見遣る。

彼女のすべてが惚《ほ》れ惚《ぼ》れする美しいラインを描いている。高い鼻、ふっくらとしたくちびる、丸みを帯びていながらも細い印象の顎《あご》、鎖骨《さこつ》の窪《くぼ》み、乳房のなだらかな丘、桜色の乳輪、尖った乳首、ウエストの凹《へこ》み……。しかも、今は見えないが、背中には今にも天に昇っていきそうな龍が彫られている。

「マキちゃんとは、不思議と縁があるね。もしかしたら、ぼくたちの出会いは必然だったということかな」

「わたし今、鳥肌が立ちました。島を出る時、長老のタネさんに、『おまえにとって、偶然なんてものはひとつもない。たとえ、偶然のようであっても必然だ。そういう宿命を背負って生まれてきたのだ。必然を受け入れて、おまえは自分の役割を果たしなさい』と言われて送り出されたんです。伊原さんも、タネさんと同じ言葉を口にしたからびっくりしました」

「今気づいたんだけど、マキちゃんが東京にやってきたのは、マダム倫子に会うためでも、気晴らしのためでもないね。そうだろう?」

「どうしてそう思うんですか?」

「タネさんに送り出されてきた、と自分で言ったばかりじゃないか。個人的な旅行には、女子島の長老も口を出すとは思えないんだ」

「図星です。やっぱり、すごい洞察力ですね、伊原さんは……。あなたには隠しごとはできませんね」

「どんな理由?」

「戸隠に行くんです、わたし」

彼女は言った。

これは偶然なのか? それとも、赤玉を探すために戸隠に行くという話をマダム倫子から聞いていたのか。

「気分転換のために東京に来たわけではないってことか……。それってつまり、東の方角を守る青龍の君が、女子島から見て東の戸隠に行くということだね」

「大雑把《おおざっぱ》に言うと、伊原さんのおっしゃったとおりになります」

「だとしたら、意味があって当然だよね。で、戸隠にはひとりで行くのかい?」

「あなたと一緒に訪ねるつもりでいました」

伊原は必死になって思い返した。マキに戸隠のことを言ったかどうかを。記憶では教えていない。マダム倫子に話している時にちょうど、マキが店に入ってきた。盗み聞きをしていたとは思えない。

「マキちゃんは、戸隠に行ったことがあるのかな」

「はい、一度」

「ほんと？　いつ？」

「龍の入墨を彫った直後です。タネさんと倫子さんと三人で」

「何が目的で？」

「観光です。不思議に思うでしょうけど、何かをしたわけではないんです。戸隠神社にお参りにいって、おそばを食べて、山の幸《さち》のおいしい旅館に泊まって帰りました」

伊原はあきれて、マキを見遣った。

そんな話を信じろというのか。観光が目的のはずがない。女子島の長老のタネとタネの娘と東の守護を司っている青龍が一緒なのだ。何かの目的があって集まったと考えるのが自然だ。

「伊原さんは、なぜ、戸隠に行くんですか？　高千穂でヒントを得たんですか？」

「天照大神が隠れていた天岩戸の扉を、天手力男神が放り投げたという神話は知っているよね。どこに落ちたか……。信州の戸隠だったんだ」

「その有名な神話と、あなたの躯から離れていった赤玉とが、関連しているんですね」

「そういうこと」

「なぜ？」

「ぼくは見たんだよ。無数の赤玉が天岩戸から現れたのを。龍の形だった。ひとつひとつの赤玉に意思がありながら、龍としても意思を持っているようだった」

「龍はどこに？」

「戻ったんだ、天岩戸の中に。そこで消えた。男の躯から離れた赤玉が、再生の道を歩んでいるんじゃないかな」

「戸隠には何があると考えているんですか」

「わからない。ただ、行くのが必然なんだ」

「その必然の中に、わたしを帯同するということが含まれているんでしょうか」

「マキちゃんはそう思っているんだろう？　それを、女子島のタネさんの意思と考えてもいいかもしれないな」

「ああっ、すごい……」

マキは高ぶった声を震わせた。いつの間にか、女体の火照りが強まっていた。愛撫を中断していたのに。キメの細かい肌は桜色に染まり、甘い香りが滲み出ていた。

彼女に足を開かせた。

あらわになった陰部は濡れて艶やかに輝いていた。

陰毛はきれいに整えられている。縦長の形。女子島で交わった時には気づかなかったが、茂みはまばらで薄い。

これを見る限り普通の女だ。異形《いぎょう》の女ではない。青龍の入墨が背中にあるとは想像できない。マキは生身の女性だ。いくらそう思っても、その確信が持てない。女の姿をした龍に思えたりする。

「女そのものだな、マキちゃんは。でも、君は青龍そのものだろう?」

「違います、それは。青龍の入墨を背中に彫った女というだけです。それ以外は、ただの女です」

「東の方角を司っている女が、普通の女であるはずはないと思うけどな」

「わたしにはわからない……。長老のタネさんの言いつけに従っただけですから」

「女子島では長老の命に従うのは当然なんだろうけど、普通の常識から考えたら、ものすごく変だよ。二十代の女の子が、いくら長老の命令だからって、入墨なんて彫らないだろう?」

「島に生きる女にとっては、従うのが常識です。従わないなら、島を出ていくしかない。それくらいに、長老の命令は絶対だと、島に生きる者全員が思っているんです」

クリトリスを舌先で小刻みに突っついた。丹念に繰り返すうちに、マキのくちびるから甘い吐息が洩れてきた。女性らしい反応だ。そこから青龍の存在をうかがい見ることはできない。

西に行け、と教えてくれたマダム倫子との出会いが必然だとしたら、女子島に行き着いたことも、マキとの出会いも必然と考えていいだろう。とすれば、その必然の出会いは、赤玉を求めるために必要だったことになる。つまり、マキは、必ず、赤玉の所在につながるヒントを持っているはずだった。伊原はだからこそ、割れ目のひとつひとつの襞、キメの細かい肌が織り成す陰影にまで、注意を払っていた。

「うつ伏せになってくれるかな。背中の龍をじっくりと眺めさせてもらうよ」

「いいですけど、単なる入墨ですよ。赤玉につながるものなんて隠れていませんよ。過度に期待すると、落胆も大きくなるから、気をつけてくださいね」

「心配無用だ。勃起しなくなったことで、落胆することに慣れたよ」

「伊原さん、そんなせつないことを言わないで……。わたしは女子島の女なんですよ。男の人の幸せと癒しのために存在しているんですからね」

マキは真顔で言って、うつ伏せになった。

見事な龍だ。

左の腰から右の肩甲骨にかけて、龍が描かれている。天に昇る勢いがある。高貴な品《ひん》を備《そな》えていて、下卑《げび》た雰囲気はまったく感じられない。

彼女のお尻に陰部を密着させる。残念ながら、勃起しない。兆《きざ》しもない。それでも、口惜しさやせつなさといったものを意識しないようにする。男の気持を萎えさせないためだ。それは、勃起できないながらも男としての自負と強い自尊心を持って平穏な生活を送るために、伊原が生みだした知恵だ。

マキが動くたびに、背中の龍の牙が雄叫《おたけ》びをあげるかのように口を大きく開く。牙がギラリと光る。今にも背中から飛び出てきて噛みつきそうだ。射《い》るような鋭い目。黒目を浮き彫りにしている白目。迫力があるけれど、艶《あで》やかでもある。女龍だ。

彼女の背中に胸板をぴたりと重ねる。女龍を包み込む。慈しみと愛情と期待といったもろもろの思いを込めて触れる。赤玉につながる何かが出てくることも願う。

ふたりは何かに導かれたからこそ女子島で出会い、そして今、軀を重ねている。必然の再会なら、今ここで何かが起こったとしても不思議ではない。いや、何かが起こらなくてはいけない。これまでの成り行きを思い返してみれば、何かが起きて当然だ。

なのに、何も起きない。

何かが起きて欲しい。些細《ささい》なことでいいから、とにかく、何かが起きて欲しい。勃起することが最善だけれど、そこまでは望んでいない。伊原は謙虚だ。赤玉につながるヒントを得られればいいと願っていた。

マキに体重をかけていく。青龍を覆う。

萎えた陰茎を、彼女のお尻の谷間に押し付ける。彼女の軀が熱を帯びはじめる。お尻のふたつの丘がひくついて、陰茎に刺激を与えてくる。小さな呻き声が、彼女のうなじから湧き上がる。男の血がたぎる。

「ああっ、すごく気持いい。伊原さんって、重くて、逞しい……」

「マキちゃんは、いつもぼくを誉《ほ》めてくれるんだね」

「気持がいいの、わたし」

「うれしいけど、残念だよ。太いものをぶち込めたら、ぼくの本当の逞しさを感じさせられるんだけどな」

「いいんですよ、今はそういうことを考えなくて。それがストレスになって、治りが遅くなったら大変です」

「勃起しなくても、男の欲望は以前と変わらないっていうことが、せめてもの救いだ。女性に欲情しなくなったら、勃起を諦めたほうがいいだろうな」

うつ伏せになっているマキの乳房に触れるために、伊原は右手を潜り込ませた。

押し潰された乳房は弾力に富んでいた。硬く尖った乳首は付け根からよじれながら、幹の半分ほどが埋まっていた。それを引っ張りだすように、乳首を摘んだ。

マキの同意を得ているとわかっていながらも、無理矢理、犯している気になる。欲望と興奮が膨らむ。バックからという体勢が、そんな気持を増幅させる。無理強《じ》いするのは好みではないけれど、今は凶暴だ。

何でもできそうだ。女子島出身の彼女ならば、どんなことでも受け入れてくれるだろう。彼女の背中の青龍も許してくれるはずだ。

青龍の口にくちびるを寄せる。

龍の鋭い視線を感じる。意思があるようだ。

くちびるをつけた。

マキが動いた途端、龍の牙がわなないた。伊原にはそう思えた。

「マキちゃんは青龍そのものではないのか。残念だけど、これが現実みたいだ」

伊原はくちびるを離した。青龍のマキが超常現象を起こしてくれるのでないかという淡い期待はあっけなく打ち砕《くだ》かれた。

「あなたが見ているのは、現実のひとつということです。現実はいくつもあります。複数の現実がうまく組み合わさった時、伊原さんの望む現実が見えるんじゃないですか」

「おいおい、それは謎かけかい？　何を言いたいのか、わからないな」

「だったら、ヒント。わたしの口からは言えないから……。わたしは青龍。ほかには何がある？」

「白虎、朱雀、玄武。青龍を含めたそれぞれが、女子島の方角を守っている。それくらいのことはわかっているよ」

「いいえ、わかっていません。伊原さんは、青龍だけしか見ていません」

「ということは、白虎、朱雀、玄武のそれぞれを注意深く見ろということか？　つまりそれって……」

そこまで言って、伊原は息を呑んだ。

そうか、そうだったのか。青龍の現実だけが現実ではない。白虎、朱雀、玄武それぞれに現実があるということだ。しかも、それぞれの現実を見た先に新たな現実がある、とマキは教えてくれているのだ。

「ありがとう、マキちゃん。ぼくの興奮が伝わるかな。後頭部をガツンと殴《なぐ》られた気分だ。白虎、朱雀、玄武は、全員女性だったんだね」

「やっと気づきましたか。その先のことは、ご自分で考えてください」

伊原はうなずいた。彼女がなぜそんなことを言うのか、すぐにピンときた。白虎、朱雀、玄武の入墨を彫った女性たち全員とセックスすべきだ、と青龍は言ったのだ。

彼女を引き寄せると、強く抱きしめた。そうすることで、ほかの女を抱かなければいけないと伝えてくれた彼女の悩ましい思いを汲《く》んだつもりだった。

## 戸隠《とがくし》の秘密

十二月十九日。

朝九時の東京は快晴だったが、戸隠の午前十一時はどんよりと曇っていた。今にも雪が降り出しそうだ。

戸隠は長野《ながの》県北部に位置している。山の中だ。新潟《にいがた》県との県境まで十キロほどしかない。北には戸隠連峰があり、西には雪をいただく北アルプスが見える。

伊原はマキとともに、バスを降りたところだ。

戸隠は、南から北に、宝光社《ほうこうしゃ》、中社《ちゅうしゃ》、奥社《おくしゃ》と呼ばれる三つのエリアにわかれていて、それらは、戸隠神社の宝光社、中社、奥社のある場所でもある。ふたりが降りたのは、戸隠神社の中社があるバス停だ。

東京からの道程《みちのり》は遠かった。新幹線でJR長野駅までは一時間半ほどかかったが、その先が辛《つら》かった。公共の交通手段はバスだけ。一時間もかかった。高千穂に行った時は、熊本空港からレンタカーを利用したが、今回は冬の山道ということを考えてバスで行くことを選んだ。

中社のエリアに十数軒の旅館があるが、どれもこぢんまりしている。予約したのは一泊一万円弱の宿。料金で選んだわけではない。宿名が、赤沢旅館だったからだ。天岩戸と赤玉のふたつがつながっていることを暗示しているようで気に入ったのだ。しかもそこは、偶然にもマキとタネとマダム倫子が泊まった宿だった。

「ああっ、寒い。予想していたよりもずっと寒い。足元から寒さが上がってくるわ。女子島では経験したことがない寒さね」

「ほんと、強烈な寒さだ。この場所が、戸隠連峰から吹き降りてくる冷たい風の通り道になっているからだな」

「夏にタネさんたちと一緒に来た時は、過ごしやすい気候だったわ。夏涼しいということは、冬は寒いということね」

マキは背中を丸めながら言う。くちびるからは白い息が出ている。急ぎ足で赤沢旅館に向かう。看板は、バスを降りた時には目に入っていた。

旅館の前に立った。

荘厳《そうごん》な門があるわけではない。塀《へい》もない。バス通りに引き戸の玄関が面している。民宿と呼んだほうがしっくりくる雰囲気だ。文句はない。一泊二食付きで一万円弱なのだから贅沢《ぜいたく》は言ってはいけない。

ちょうど昼になった。チェックインには二時間も早かったが、伊原は宿の玄関の引き戸を開けた。山間の宿が、うるさく言うとは思えなかった。

予想は当たった。応対に出てきた女将《おかみ》らしき女性は満面の笑みを浮かべながら歓迎してくれた。五十歳前後だろうか。作務衣《さむえ》姿が似合っている。

「こんな田舎に、遠くからようこそいらっしゃいました。チェックインの時間なんて、気になさらなくてけっこうですよ」

「ありがとうございます」

伊原は頭を下げた。マキも黙ってつづいた。

「あなたたちは、戸隠に来なければいけなかった人たちでしょう? そういう人を、どういう理由があれ、拒んではいけないんです」

「よかった。この旅館を選んで、ぼくたちは幸運だったみたいですね」

「戸隠に来る必然の理由を持った人を喜んで迎えるのは当然のことです」

伊原は驚いた。伊勢でも高千穂でも、必然、という言葉を何度も耳にしてきたが、まさか、戸隠でもそれを聞くとは思わなかった。

部屋に案内された。二階の角。バス通りが眺められる部屋だ。六畳に二畳ほどの板の間がついている。特徴のないごく普通の和室だけれど、居心地は良さそうだ。

女将がお茶を淹《い》れてくれる。ここまでしてくれる旅館は今どき珍しい。伊原は女将に問いかけた。

「戸隠を観光するとしたら、まずはどこに行けばいいんでしょうか」

「戸隠神社でしょうね。天岩戸伝説のこと、ご存知？」

「はい、もちろん、知っています。高千穂の天岩戸を見たからこそ、戸隠にやってきたんです。ほかにはありますか？」

「夏から秋にかけてなら、戸隠連峰にハイキングする人が多いんですけど、さすがにこの時期は無理ね。ほかに、強いて挙げるとしたら、鏡池《かがみいけ》でしょうか」

「ガイドブックに載っている池ですね」

伊原はガイドブックを広げた。

戸隠高原にある美しい池。風がない時の水面には、戸隠連峰が鏡のように映り込む。アマチュアカメラマンが集《つど》うスポットとしても有名。十二月中旬には水面が凍りはじめ、一月には水面は完全に凍って雪に覆われる……。

鏡池という名称から、高千穂の聖池をすぐに連想したし、自分の赤玉が浮遊するのを鏡越しに見たということも思い出した。

煎茶《せんちゃ》をいただく。冷えた軀にはうれしい温かさだ。マキがふうっと大きなため息を洩らして口を開いた。

「女将さん、覚えているでしょうか。去年、知り合いのおばあさんたちとこの宿に一緒に泊まったことを……」

「もちろん、覚えておりますよ。青井さんでしょう？　あの時のおばあさまは、白鳥様でしたね。今回は冬の戸隠の観光ですか?」

「わたしたち、たぶん、戸隠に縁があるんです。だから、来たんです。戸隠に来るように導かれたんです」

「やっぱり、必然なんですね、ここを訪ねてきたのは……。今だから言いますけど、あなたたちの顔を拝見した時、何かあるな、と思ったんです」

「信じます、それ」

マキはうなずいて目を合わせてきた。

驚きの目をしていた。たぶんそれは、彼女の心が、何かに導かれて戸隠にやってきたという実感を得たからだ。

彼女を導いている源はわからない。赤玉だとしたら、同じ道を進むことになるが、彼女は女子島で東の方角を守る役割を担う青龍なのだ。赤玉と関連があるとは思えない。

「ここから、鏡池まで、歩くとどれくらいかかるんですか」

「女のわたしの足で、三十分くらいでしょうか。今年はこれでも暖かいですから、池にはまだ氷は張っていないかもしれませんねえ。一度は見ておいたほうがいいですよ、それはそれは見事ですから」

「誰でも見に行けるんですか? たとえば、男だけしか行ってはいけないとか……」

「そんなことありませんからご心配なく。おふたりでご覧いただけますよ」

伊原はマキと目を合わせた。ひと息ついたら行ってみよう。そんな意味を込めてうなずくと、彼女はにっこりと微笑んだ。さすがは、男の気持を汲むことを考えて生きてきた女性だ。目で送る言葉を理解している。

お茶を飲み終える前に、女将は部屋を出ていった。

マキとふたりきりになった。

バス通りに面した部屋だが静かだ。そういえば、部屋に案内されてから、車の排気音を一度も聞いていない。

彼女とは数回しか会っていないのに、緊張することがなかった。不思議な安心感があるおかげで、一緒にいればいるほど居心地がよくなるのだ。

「山は日が落ちるのが早いだろうから、そろそろ行こうか」

伊原は座卓に両手をついて立ち上がった。それを制するように、隣に坐っているマキが手を伸ばしてきた。

細い指が、股間を掠めた。

意図的かどうかわからない。顔を上げたマキがうれしそうに微笑んだ。

きれいだ。見つめられるだけで胸がときめく。那奈の愛嬌《あいきょう》のある顔とは違って、目鼻立ちが整った正統派の美人顔だ。エロティックでもある。しかも、東京から遠く離れた山間にいるという情況が、性欲を激しく喚起する。

ズボンのファスナーが下ろされる。白い指が窓に入る。パンツの上から、幹を付け根から先端にかけてゆっくりと撫ではじめる。

「外はものすごく寒いから、出かける前に、あなたの熱いものに触れておきたいんです。いいでしょ?」

「どうして、マキちゃんはぼくの望みがわかるのかな。ぼくも、マキちゃんの口の温かみを味わってから外に出たいと思っていたんだ」

「わたしは女子島の女。男が何を求めているのか、いつも考えていますから」

彼女は右の指をパンツの中に差し入れて、萎えた陰茎を引っ張り出した。

笠には細かい皺が寄っている。勃起した時からすると、笠の体積は半分くらいだろう。男にとってはひどく情けないことだが、マキの表情をうかがうと、嬉々《きき》としているように見えた。勃起していようがいまいが関係ないらしい。そういうところが、男にとってはうれしいし、安心できるのだ。

マキはくちびるを開いた。舌を出して、くちびるを舐め回す。思わせぶりだ。エロティックで卑猥《ひわい》だ。腰から背中にかけて、ぞくぞくっとする。

陰茎をくわえてきた。

小さな体積の笠を、舌の上で転がす。舌を上下させると、陰茎は自らの意思を捨てたかのように従順に何度も跳《は》ねる。

萎えて張りを失っている幹を、くちびるで圧迫している。

悲しいことに、幹に芯がないのを、彼女のくちびるを介して感じ取る。付け根から笠までの距離も短いから、しごくこともままならないようだ。

幹を圧迫しては離す。くちびるはそのたびにすぼまったり広がったりを繰り返す。まるで、陰茎に語りかけているようでもある。

「勃起していないけど、すごく気持いいよ」

「伊原さん、わたしに気を遣《つか》わなくていいから……」

「マキちゃんのくちびるを上から眺めていると、まるで、笠と話しているみたいだ」

「わかりましたか？　わたし、幹をしごいている時、気持よくなあれ、気持よくなあれ、って言いながらくちびるを動かしているんです」

「だから、気持よくなれるんだね。一流の料理人は、おいしくなれ、おいしくなれ、と念じながら料理の下ごしらえをすると聞いたことがあるけど、マキちゃんも同じだ。女として一流ということだ」

「ありがとう、伊原さん。お世辞だとわかっていても励ましてもらうと、女って単純だから、うれしくなって、もっともっとやってあげたくなるんです」

マキは艶やかな声で言うと、陰茎をすっぽりとくわえ込んだ。フェラチオはつづく。真冬の陽が入り込む和室に、湿った粘っこい音だけが響いている。

# 鏡になった池

マキのフェラチオは熱心で長かった。五分や十分ではない。三十分以上だ。伊原は気持よさに浸っているうちに、彼女に悪いと思いながらもうつらうつらしだして、ついには眠ってしまった。

寒気を感じて目を覚ました。

午後二時を過ぎていた。明かりを消した部屋は薄暗く、静まり返っていた。

マキは部屋にいなかった。

彼女は毛布をかけてくれていた。陰茎は唾液が拭《ぬぐ》われ、パンツにきちんとおさめてあった。ズボンのファスナーもしっかりと上がっていた。

フェラチオがはじまった時からすると、二時間近く寝ていたことになる。戸隠までやってきたというのに、何もしないまま眠ってしまったとは。マキの姿がないことに驚くよりも先に、惰眠《だみん》を貪《むさぼ》った自分に呆《あき》れた。

窓際に立った。ガラスを通して寒さが伝わってくる。数メートル先の国道には、人影どころか走っている車も見えない。

午後三時十五分。

宿の玄関のあたりで、女将の声があがった。マキが戻ったようだ。小さな宿に生まれた華《にな》やぎが、伊原の部屋にまで伝わってきた。

ケータイが震えはじめた。マキだ。アンテナは三本立っている。

「伊原さん、起きました？　ロビーに降りてきてください。コーヒーでも一緒に飲みましょうよ」

「どこに行っていたんだい。心配したぞ。起きたらいないんだものな」

「散歩していました。それに、人に会っていたの」

「鏡池には行かないのかい？」

「行くつもりですけど、その前に、温まっておいたほうがいいと思って……。外、すっごく寒いの」

伊原は身支度《みじたく》を整えて部屋を出た。階段を下りだすと、コーヒーのいい香りが漂ってきた。伊原が好きな深く煎《い》ったモカの匂いだ。

マキはひとりではなかった。

見知らぬ女性とともに、フロントの脇にある薪《まき》ストーブを囲んで坐っている。伊原はその女性に目礼《もくれい》をして、マキの隣に腰を下ろした。

「山は日が暮れるのが早いから、さっと行ってこようよ」

伊原はチラチラとマキの隣の女性に視線を遣りながら考えた。

三十代半《なか》ばだろうか。ふたりがどういう関係なのか見当がつかない。戸隠に友人がいたとしたら、東京を発《た》つ時に話しているはずだ。

「こちら、黒森早苗《さなえ》さん。去年、女子島のタネさんたちと戸隠に旅行に来た時に会って以来なんです。あなたが寝ちゃって、わたし、やることがなくて暇だったから、散歩に出たんです。そうしたら、黒森さんと偶然に再会したんです」

「どうも、初めまして。東京から来ました、伊原と申します」

伊原の自己紹介に、黒森早苗は丁寧にお辞儀をして応《こた》えた。

顔立ちの整った美人だ。マキの顔立ちよりも目元がきつい。笑顔は人懐《ひとなつ》っこいが、口を閉じていると、女王様タイプのクールビューティだ。

伊原は彼女の苗字をどこかで聞いたことがあると思って、そのことばかりを考えていた。新聞か雑誌で苗字を見た？　どこかで会ったことがある？　仕事で名刺交換でもしている？

どこで聞いたのか思い出した。マキからだ。

四神のひとりが黒森の姓だった。女子島の方位を守る四神がいる。東の青龍は青井、西の白虎は白鳥、南の朱雀は赤沢、そして、北の玄武は黒森だ。

まさか、女子島から遠く離れた戸隠で、女子島の四神のうちの二神《にしん》と一緒になるとは思わなかった。

「黒森さんとは初対面とは思えません。あなたのお名前を、わたしは何度も耳にしているんです。戸隠で、神々の会合ですか」

伊原は単刀直入《たんとうちょくにゅう》に言った。この出会いが必然ならば、回りくどい話をする必要はない。必ず、手応えのある返答があるはずだ。

黒森早苗の表情が変わった。何かを言おうとしたようだったが、マキが制した。

「さすがですね、伊原さんは……。黒森家が北の方角を守る玄武ですけど、玄武は今、女子島にいるんですよ。早苗さんは双子の妹なんです」

「四神ではない？」

「残念ながら……」

「戸隠に嫁《とつ》いできたんですか？」

伊原はなおも訊いた。なぜ、戸隠にいるのか、その理由を知りたかった。マキの口からではなく、黒森早苗から。彼女が北を守る玄武本人ではないにしても、双子なのだから、なんらかの関係があっていいと思ったのだ。

「伊原さんは、女子島について詳しいんですね。わたしは、女子島を離れてもう七年になります。去年、久しぶりに、タネさんやマキさんに会いました。今のわたしの仕事は、鏡池の管理です。池というよりも小さな湖です。きれいですよ、とっても」

「あなたが？　ご主人ではなくて、あなたが、鏡池の管理をしているんですか？」

「はい、去年から……。主人がやっていた仕事をわたしが引き継ぎました。去年、主人が亡くなったんです」

「そうでしたか、ご愁傷《しゅうしょう》様です」

「お通夜に、タネさんとマキさんがわざわざいらしてくれたんです。弔電《ちょうでん》もたくさんいただきました。女子島の皆さんは情に厚い。ひとりではないということを教えられて、わたし、すごく慰《なぐさ》められました」

伊原はマキを睨みつけた。旅行でやってきたなどと嘘をつく必要はなかったはずだ。通夜のために戸隠に来たのなら、そう言えばよかったではないか。

嘘をつくからには、そこには必ず、嘘をつく者の思惑《おもわく》がある。そうだとしたら、マキの思惑は？　それでいて、嘘がバレるのに、黒森早苗を引き合わせたわけは？

「これから鏡池を見てこようかと思っていますが、どれくらいかかるんでしょうか」

「わたしの足で三十分程度ですから、男の人の足なら二十分ちょっとでしょうね。でも、車なら五分です」

「ぼくたちは鏡池で何を見ておけばいいんでしょうか。黒森さんなら、わかっているはずです。ここに導かれてやってきたぼくがすべきことを……」

「亡くなった主人が言っていましたけど、あそこには、女には見えないものがあるそうです。男にとっては悲しい場所だけれど、幸福を生みだす場所でもある、とも言っていました。男に見えて女に見えないものって、わたしにはいまだにわかりません」

伊原は感動にも似た高ぶりを覚えながら、二度三度とうなずいた。

亡くなったご主人が言いたかったのは、赤玉のことだ。男に見えて、女に見えないものなんて、赤玉以外にはあり得《え》ない。

マキが立ち上がった。そろそろ、行きましょうか、暗くなる前に戻ってきたいから。彼女はそう言って、鏡池に向かうきっかけをつくった。

三人で向かう。黒森早苗の厚意で池まで車で送ってもらう。

山道をゆっくりと上る軽自動車の窓から風景を眺める。手入れが行き届いている杉木立《すぎこだち》がつづく。間伐《かんばつ》されずに荒れ放題になっている山が多いのに、このあたりは山が守られている。

高千穂の聖池に向かう途中にあった竹林も、今思い返してみると、手入れが行き届いていた。木々を守ることによって山の豊かさが生み出されていることが、都会で暮らしている伊原にもはっきりとわかる。

鏡池のほとりに着いた。

展望スペースがつくられているし、十台分くらいの駐車場もあった。観光名所になっていることに、伊原は少し落胆《らくたん》した。観光客が訪れる場所に、赤玉が現れるはずがないからだ。そう思ったが、すぐに間違いだと気づいた。高千穂の天岩戸で赤玉が出入りするのを、伊原は自分の目で見た。あの場所は、戸隠よりも観光客は多い。

展望スペースには、鏡池についての案内板があった。

――鏡池の歴史は古く、天岩戸から戸が投げられた時、その衝撃でできた凹みに溜まった雨水によって生まれたと言われています。外周七百八十メートル。水深が五メートル以下のために池とされています。透明度は高く、水底《みなそこ》まではっきり見ることができます。魚などの動物も、藻《も》などの植物も、確認されていません。風のない晴れた日、池の面《おもて》は鏡のように戸隠連山を映します――

幸運にも、厚い雲が割れた。

風が止まった。時間までもが止まったかのようだ。空気も木々も動かない。葉擦れの音も消えた。

池の面はまさに鏡だった。

紅葉した戸隠連山が水面に映っている。数百メートル離れているはずなのに、木々の幹の輪郭、葉の一枚まで見て取れる。息を呑《の》む美しさだ。黒森早苗がこの見事な風景にふさわしい晴れ晴れとした声をかけてきた。

「おふたりさん、どうですか。信じられないくらいにきれいでしょう」

「寒い中をやってきてよかったですよ。マキちゃんもそうだろう？」

伊原のかけた声に、マキは黙ってうなずいた。黒森早苗は眩《まぶ》しげに池を見遣る。陽射しが池の面に乱反射している。

「この美しさを守ってきた主人が亡くなった時、何かをしてあげたい、という気持になったわたしの心情が、おふたりにも理解できるんじゃないでしょうか」

「池の守護者なんですね、黒森さんは」

「そんな大げさなものではありませんよ。単なる管理人。いいえ、違うわね。誰にも頼まれているわけではないから、お節介《せっかい》なおばさんと言ったほうがいいかな」

「旦那さんの姓が黒森だったんですか。それとも、旧姓を使っているんでしょうか」

伊原は気になって訊いた。戸隠に嫁いだとすれば、苗字が変わっているはずだった。ご主人が亡くなった今も戸隠で暮らしているのだから、当然、苗字はそのままにしているだろう。そのほうが生活しやすいはずなのに、意外な答えが返ってきた。

「旧姓の黒森に戻したんです。去年、タネさんに勧《すす》められたからなんです」

「ご主人の土地で、黒森さんは今もこうして暮らしているんですよね。旧姓に戻す時には、反対されたでしょう!?」

「女子島を出たといっても、やっぱり、わたしにとって、タネさんは長《おさ》なんです。それを思い知らされました」

「それってつまり、玄武としての使命を受けた黒森家に生まれたことに関係しているってことですね」

「さあ、どうでしょうか」

気色《けしき》ばんだ表情を浮かべながら、黒森早苗は早口で返事をした。彼女は素直な性格なのだろう。その焦《あせ》り方は、玄武と関係があると教えているようなものだった。彼女は取り繕《つくろ》うように言った。

「日が落ちそうです。暗くなる前に、おふたりに、面白いことを教えますよ。水面に映った戸隠の山並みの中で、ひときわ、険《けわ》しい稜線があるんですけど、見えますか」

黒森早苗が指している人差し指の先を追った。

水面に映る山の稜線の中に、岩だらけの険しい場所があった。そのあたりだけ、木々はなく、灌木《かんぼく》も生《は》えていなかった。

「登山客にとって、あの場所は難所で、蟻《あり》の戸《と》渡《わた》りと呼んでいるんです。亡くなった主人に教えてもらったんですけど、その呼び名って、女性の恥ずかしいところのあたりのことを言うんですってね」

彼女の言うとおりだ。女性の割れ目とお尻とを隔《へだ》てるところを、蟻の戸渡りと呼ぶ。

「赤玉が見えたら最高なんだろうけど、そうはうまくいかないだろうな」

伊原は鏡のような池を見ながら呟いた。

これまでの出会いが必然だとすれば、天岩戸に隠れた赤玉は、必ず、ここから出てくる。伊原は確信していた。ふたりの女性がそばにいても現れる、と。

太陽が赤くなりはじめた。

冬の山間の落日は早い。戸隠連山の頂《いただき》の雪が赤く染まったかと思ったら、薄墨《うすずみ》を流したような夕闇が迫ってきた。

鏡池に変化が起きた。

蟻の戸渡りと呼ばれている戸隠の稜線が映っている水面が、赤く染まり始めた。夕陽は沈む寸前で、鏡池に赤光《しやつこう》は届いていない。

「マキちゃんも黒森さんも驚かないで欲しいんだけど、今、鏡池が真っ赤に染まりだしたんだ」

「ほんとに？」

黒森早苗は驚愕の表情を浮かべながら鏡池を凝視《ぎようし》した。

水面のすべてが赤く染まった。

黒森早苗もマキも表情を変えていない。ふたりには見えていないのだ。

高千穂の聖池の時と同じだ。あの時、池一面が赤玉だらけになったのに、一緒に行った那奈には見えなかった。

鏡池の赤色が濃くなってきた。赤玉の数が増えている。水の中だけでなく、澄んだ空まで赤色だ。高千穂の時はワインレッドだったのが、今は鮮やかな赤。鮮血の色だ。

赤玉の色の変化は、赤玉そのものに原因があるからだと感じる。光の加減によるものではない。

「ぼくが求めていたものが、今目の前に現れているんだ。天岩戸に戻った赤玉は、再生してこの鏡池から出ているんじゃないか？」

伊原は自らに問いかけるように言った。それが正しいように思えて、腕にも背中にも鳥肌が立った。

「この池には女には見えないことがあると、主人が言っていたことは本当だったんですね。わたし、主人の言葉を疑ったことはありませんけど、今ほど、信じられたこともありません」

「ご主人は、この池で、何をしていたんですか？　単に、管理を委《まか》されていたわけではないんでしょう？」

「詳しいことは、わたしは知らされていませんでした。ただ、ここは守るべき場所だということでした」

「黒森さんは、見えないものを相手にしていたんですね」

「見えませんけど、鏡池に毎日通《かよ》っているうちに、月に一度、ただならぬ気配を感じるようになったんです」

「その日はたぶん、満月の日でしょう？」

「伊原さんが、なぜ、わかるんですか」

黒森早苗が話しているうちに、あたりはすっかり暗くなった。鏡池の水面に映っていた戸隠連山の頂も、蟻の戸渡りも見えなくなった。それらと連動するように、周辺を赤く染めていた赤玉も消えてしまった。

満月の下で鏡池を見ていたかったが、あまりの寒さに、女性たちが先に音《ね》を上げた。日が落ちたために、気温が急激に下がっていた。伊原も限界だった。

## 赤い岩と黒い森

宿に戻ると、夕食の時間になっていた。

午後六時半過ぎ。

マキとふたり。部屋での食事だ。黒森早苗を誘ったが、義父母の食事の世話があるということで固辞《こじ》された。それでも、伊原はしつこかった。マキも後押ししてくれた。結局、黒森早苗はしぶしぶながら、午後九時には家事から解放されるからその後で宿を訪《たず》ねると約束してくれた。

女将が膳《ぜん》を運んできた。一合徳利《いちごうどつくり》の熱燗《あつかん》を膳に載せていた。寒い時には熱燗がいい。山の幸が中心の夕食は、日本酒のつまみにぴったりだ。

ひとしきり鏡池について話すと、話題は自然と黒森早苗に移った。

「冷静に考えてみると、黒森さんが玄武のはずがないよね。女子島で四方を守るためには、マキちゃんのように、島で生活していないといけないんだからね」

「やっと気づいてくれましたね」

「なんだ、マキちゃんは知っていたのか。いや、知っていて当然だね。四神は仲間だろうからな」

「さっきも言いましたけど、早苗さんは双子の妹よ。島にいるのがお姉さんで、早紀《さき》さんと言います。彼女が、女子島の玄武です」

「ぼくは会うべきなんだろうか。それとも、もうそんな必要がないところにまで辿り着いているのかな」

伊原の最終的な目的は、勃起不全を完璧に治すことだ。それが果たせるなら、四神と会うこともないし、有給休暇を使って地方に旅行に出かけることもない。

「必要がなくなったかどうか、試してみましょうか。女将さんはしばらくは来ないと思うから……」

マキは箸《はし》を置いて、座卓の向かい側から移動してきた。肩を寄せて坐ったと思ったら、股間に手を伸ばしてきた。

浴衣《ゆかた》であぐら坐りをしているから、太ももの内側は剝きだしだ。そこにマキの白い指が這う。膝の裏側から足のつけ根の太い筋に向かう。お尻がムズムズする鋭い快感が背中を駆け上がっていく。足の指を曲げたり伸ばしたりして、快感が溜まるのを防ぐ。そうしないと、坐っていられなくなりそうなのだ。

パンツの上に指が動いてくる。

いやらしい流し目で見つめてくる。瞳が濡れている。

彼女の浴衣の胸元から、豊かな乳房が垣間《かいま》見える。ほんのりと石鹼《せっけん》の香りが漂う。指が妖しく動くたびに、乳房が波打ち、谷間が狭《せば》まったり広がったりする。

「伊原さん、どう？」

「すごく気持いいよ。でも、どうかな、ちょっと自信がないな」

「ほんと？　内心では、黒森さんにしてもらいたいって思っているんじゃないですか？」

「どうしていきなり、黒森さんの名前を出すのかな」

「ここにいるべき人は、早苗さんだと思うからです。これは自分を卑下《ひげ》して言っているんじゃありません。わたしがいるべき場所は、女子島の東の方角なんです」

マキは深呼吸をひとつした。陰茎が萎えているのを承知で、細い指をパンツの中に差し入れてきた。てのひら全体で包むと、緩《たる》んだ皮を根元に引き下ろして突っ張らせた。先端の笠を撫でる。敏感な細い切れ込みに沿《そ》って、指を上下する。

気持いいけれど、勃起しない。相変わらずだ。でも、マキが言うように、愛撫するのが黒森早苗の手だったらどうだろう。

伊原は唸った。

勃起するかもしれない。

高千穂で投げられた岩戸が落ちた場所にいるべき女が黒森早苗ということか？　この場所にふさわしい女がいて、その女が勃起に必要ということなのか？　それが黒森早苗？　とにかく、彼女は自分にとって重要なはずだ。彼女は赤玉が現れた鏡池を守っていて、女子島の北の方角を守る玄武の女性と双子なのだ。

見当もつかない壮大な仕組みが目の前に横たわっている気がする。自分の勃起不全を治すということにとどまらない重大な意味が秘められている予感がする。

壮大な仕組みとはいったい……。

戸隠にやってきたのは、自分の勃起不全を治すためである。でも、そこには自分でも気づかない何かがあるように思えてならなかった。今はそれが何かはわからないが、黒森早苗が教えてくれる予感があった。

午後九時半を過ぎたところだ。

早苗が部屋にやってきた。

数時間前に会った時よりもやさしげだ。吊り上がり気味のきつい目元のクールビューティも、今は柔和な表情をしている。素っ気《そけ》ない防寒着に身を包んでいるものの、女性らしいやわらかみとしなやかさは隠し切れていない。

マキは酔っているようだけれど、節度を保っている。わざとベタベタと触れたりしないし、早苗に見せつけようとする気配もない。さすがに女子島育ちだけのことはあると思った時、そう言えば、早苗も女子島で生まれて育ったのだと気づいた。

早苗の双子の姉が、女子島の玄武として北の方角を守っている。当の早苗は、亡き夫の遺志を継いで、戸隠の鏡池の守護者となっている。ふたりに共通していることがありそうな気がする。何かにつながる符合が隠されているようにも思う。

「黒森さんは、女子島でマキちゃんと会ったことはないんですか？」

「残念ながら、会っていませんねえ。これほどの美人なら、一度会えば忘れませんよ。去年、主人の告別式の時、マキさんと初めて会ったんです」

「双子のお姉さんが、北を守る玄武になっているのに、顔を知らないなんて……。不思議なこともあるんですね。ぼくも女子島に行きましたけど、けっして大きな島ではありませんでしたよ」

「島で生活している時、小さくて狭い島、という意識はなかったですね。島の外に出てみて初めて、小さな島だと気づきました。だから、意外と大きいんです。出会わなくても不思議じゃないですよ。それに、女子島の女は、島を訪れる男たちに意識を向けていますから、女は視界に入らないのかもしれません」

「ところで、戸隠にやってきたのは、黒森さんにとっては必然だったんですか？　双子のお姉さんが玄武になったのが必然だったことと同じ意味があるんでしょうか?」

「伊原さんがどういう趣旨《しゅし》でお訊きになっているのかわかりませんが、主人と出会って結婚したことは、わたしにとっては必然だったと思っています」

「もちろん、そのことを偶然だとは思っていません」

伊原が慌てて言うと、隣で黙《だま》ってふたりのやりとりを聞いていたマキが声をあげた。

「わたし、お風呂に行ってきてもいいですか? 鏡池に行ったせいだと思うんですけど、軀が冷えちゃって……」

マキは気を利《き》かしたようだった。数分で入浴の支度を終えて部屋を出た。

無理しているのが彼女の表情からうかがえたが、伊原は止めなかった。

早苗とふたりきりになった。

彼女の熱い眼差しに変わりはない。恥じらう様子も見せずに、粘っこい視線を送ってくる。なぜ? と訊きたくなるのを我慢して、彼女の眼差しを受け止める。

「マキさんって若いのに度量があるわねえ。普通だったら、彼氏を女性とふたりきりにさせないでしょう?」

「黒森さんも女子島で生まれ育ったのなら、彼女の気持がわかるんじゃないですか。男の喜びを何よりも優先させると、徹底的に教え込まれているはずです」

「わたしは何も教えられなかったわ。たぶん、彼女が東を守る者として生まれたからじゃないかしら」

「玄武の家に生まれたのに、あなたは影響を受けていないというんですか？」

「わたしは平凡な女です。姉のように、特別な教育を受けていません。だから、縁のない戸隠という土地にやってこれたんじゃないですか？　主人の故郷がもしほかの土地だったら、そこで暮らしていたでしょうね」

「ご主人とのなれそめをお聞きしてもいいですか？」

「おかしなところで出会ったの。富士山《ふじさん》に登山するために五合目まで車で行ったんですね。その駐車場で……。彼とわたしのリュックにつけていたカラビナとヒモが絡まったのが、そもそものはじまりなの。山頂まで登って下ってくるまでの間に、何度会ったことか。まるで、行く先々で待ち合わせしているかのようだったの……」

「登山が趣味だったんですか、おふたりとも」

「わたしは初めて。彼は二度目だと言っていたわね。戸隠は富士の霊峰《れいほう》に通じるんだ、と何度も言っていました」

「その時にはもう、彼は鏡池の管理をされていたんですね」

「彼の家が代々鏡池を管理してきたわけではないそうです。前任の方は、北海道出身でしたからね。その人は四十代後半で引退しました。若いのに、なぜなのか……。そんなこともあって、わたしは自分が管理者として適任なのかどうか、いつも不安を抱えながらやっているんです」

早苗はバッグからノートを取り出した。B5サイズの大学ノート。「鏡池月報」と、表紙にマジックで無造作《むぞうさ》に書いてある。亡くなったご主人の遺品だ。

「遺品を整理して出てきたノートです。興味があるならと思って持ってきました」

伊原は受け取った。

五年前の四月五日がはじまりで、去年の八月に亡くなるまで、鏡池について記《しる》している。一行か二行の短文。しかも、月に一度の割合。備忘録《びぼうろく》といった程度のものだろうか。

七月五日　宿命なのか、偶然なのか。とにかく、この仕事をやるだけ。食っていけるかどうか不安。
八月四日　夏休みのため観光客が多い。夜半、七月には見られなかったものを、初めて見た。
九月二日　この池を守ることが宿命だとしたら、失った男の能力が戻ったとしても不思議ではない。なのに、どうして。このままだと早苗に申し訳ない。
十月一日　朝方、月と太陽の両方が鏡池に映り込んでいた。そこに美しい戸隠連山と、蟻の戸渡りも……。自然現象だとわかっているけれど、そこには意味があるとしか思えない。

最初から最後までこの調子だ。一カ月に一度の割合。筆無精《ふでぶしよう》なのかと思ったが、伊原は気づいた。彼は満月の日に書いたのだと。

満月の夜、高千穂の天岩戸に隠れた赤玉が戸隠に現れることを、彼は知っていたに違いない。

「立ち入ったことをお訊きしますけど、亡くなったご主人は、夜のほうは元気だったんでしょうか」

恐る恐る訊いたけれど、早苗は意外にもあっさりと答えてくれた。一年が経ち、夫の死を受け入れることができるようになったのだろう。時が辛《つら》さを癒したのだ。

「好奇心は旺盛でした」

「そうでしたか」

意外な答だったから驚いた。予想していたのは、勃起できるだけの元気がなかったという返事だ。

「お子さんは?」

「いません。というよりも、できませんでした。医学の力を借りればできたかもしれませんけれど……」

「もしかして、ご主人は性的な能力がなかったのですか?」

「彼の名誉を汚すことになりそうなので言い難《にく》いんですけど、彼は初めてのセックスの時からダメだったんです」

やっぱりそうだったのか。予想した答だった。勃起不全の男が赤玉が現れる鏡池を守っていたのは、偶然ではない。意味があるのだ。

伊原は立ち上がって、早苗の隣に移動した。意味があることをわかっている者がいるとしたら、それは早苗だ。

## 未亡人の真髄《しんずい》

部屋にふたりしかいないのに、座卓にふたりで並んで坐るというのは妙なものだ。早苗の眼差しは相変わらず熱を帯《お》びている。隣に坐ったものの、彼女は身じろぎひとつしないでじっとしている。ほんのりと赤みを帯びていた頰が、今は青白い。潤みを湛えていた吊り上がり気味の目はうつろだ。

彼女の手を握った。未亡人の手。鏡池を守るために酷使しているはずなのに、爪はきれいだし、透明感のある指はすらりと伸びている。温かいてのひらだ。強く握ると、彼女も握り返してくる。反応があると素直にうれしくなる。

「マキちゃんがいた時でも、早苗さんはぼくのことを一所懸命《いっしょけんめい》見つめていましたよね。彼女が嫉妬しないか、ヒヤヒヤでした」

「気づいてくれていたんですね。恥ずかしいな……。あんな大胆なことをしたのって、初めてだったんですよ。伊原さんの雰囲気が、夫にすごく似ていたんです」

「顔立ちとか体格がですか？」

「顔も体格も似ていません。雰囲気なんです、似ていたのは」

早苗は、しなだれかかるように軀を寄せてきた。

心臓がいっきに高鳴る。頭の芯が痺れる。息をするのもぎこちなくなる。初めて抱き合う時というのは、相手の女性が誰であっても高ぶるというのに、早苗は未亡人なのだ。しかも、マキがいつ戻ってくるかわからないというスリリングな情況だ。

「ご主人が鏡池で赤玉を見たように、ぼくも同じことを経験している。それだけじゃない。ぼくも、アレが思うようにならないんです」

「ほんとに？」

早苗は心配そうな目をしながら、いきなり、股間に手を伸ばしてきた。

浴衣の上から陰茎を探られた。心地いい刺激だ。しかも、触れ合っているのが未亡人だと思うと心はときめく。だからといって、陰茎はピクリともしない。

「ほんとにダメみたいですね……」

「ご主人はどうでした？　亡くなるまで一度も元気にならなかったんですか？　情況が似

ている男性が勃起しないままだとしたら、ぼくは希望を失うかもしれないな」

「そんなことはないですよ。彼、最後の頃は元気になりましたから」

早苗は吊り上がっている目尻をヒクヒクと細《こま》かく痙攣《けいれん》させた。嘘をついているのだと思ったけれど、伊原は追及しなかった。彼女の善意の嘘を信じよう。希望を自ら手放すことはしない。

パンツから、萎えた陰茎が引き出される。あぐらをかいた格好のせいか、陰茎が悲しいくらいに小さく見える。早苗に勃起した陰茎を見せてあげたいと思ったが、自分でもその逞しい姿を思い描《えが》けなくなっている。

「わたしもやっぱり、女子島の出身なんですね。男の人がしおれきっているのがわかったら、見て見ぬフリはできません」

陰茎をやさしく握った。皮をめくって引っ張り下ろす。笠がひしゃげても、力を緩めない。指先が震えているのは、久しぶりに陰茎に触れる悦《よろこ》びのせいなのか。それとも、夫以外の陰茎に触れるという罪悪感のせいなのか。

くちびるが近づく。座卓の下に入り込むくらいに頭が下がる。甘い香りが湧き上がる。彼女の髪の先が、陰茎を掠める。てのひらが汗ばんできて、幹との密着度が増す。

「撫でるのが上手ですね。すごく気持いいですよ。硬くなくても、気持よさは感じます。ご主人が同じだったなら、わかっていると思うけど……」

「無理に説明しなくてもいいですよ。勃《た》つかどうかよりも、気持よさに浸ることに集中してください。挿入できなくても、ある程度は満足できるはずですから」

「ご主人がそうだったんですね」

「主人は触れ合うことには熱心でしたけど、勃起への関心をなくしていました。勃起のことよりも、鏡池を守ることに気持が移っていました」

亡くなった夫は、やはり、赤玉のことを知っていたのだ。赤玉を体内に戻せば勃起不全が治ると信じていたのかもしれない。だからこそ、勃起のことよりも、鏡池に意識を傾《けい》注《ちゅう》していったのだ。

彼女が陰茎を口の奥までふくんだ。

マキよりも早苗のほうが舌も口の中もふっくらしているように感じる。肉厚なのだ。圧迫感と密着感が強い。勃起しない陰茎への愛撫に慣れているようだ。舌がひるんでいないし戸惑ってもいない。無理に快感を引き出そうと力《りき》んでいる様子もうかがえない。

「ご主人は病気だったんですか。それとも、事故？」

伊原はずっと気になっていたことを口にした。そんなことを訊くタイミングではないのは承知だった。早苗は気丈にも、何があったのかを明かした。

「事故だったのだと思います。調べた警察もそう言っていましたから……」

「交通事故、ですか？」

「溺《おぼ》れたんです、鏡池で。あの時は、寒い日でした。いつまで経っても戻らないから、心配になって鏡池に行ってみたんです。そうしたら、満月を水面に映した池で、うつ伏せになっていました」

自殺という言葉がチラッと掠めたけれど、赤玉を追い求める男ならそんなことはしないと思った。赤玉を求めるということは、生命そのものを追い求めることと同じ意味だ。そんな男が自分の生命《いのち》を絶《た》つはずがない。

彼は自ら池に入ったのか？

伊原は高千穂の聖池での自分の行動を思い出した。あの時、池の中に見えた赤玉に引き寄せられるように水に入り、水深が浅かったこともあって、中央部にまで行った。赤玉が水底の割れ目に吸い込まれていく時も、自分にはまったく影響がなかった。

「伊原さんは、話ばかりで、ちっとも没頭できていないようですね。そろそろ、マキさんが戻ってくるんじゃないですか」

「彼女ならきっと大丈夫ですよ。早苗さんが部屋を出ない限り、戻ってきませんよ」

「ああっ、女子島のおなごはさすがにわきまえているわ。わたしもあなたとの出会いに全力を注がないと……」

早苗がまた口の奥深くまで陰茎をくわえ込んだ。くちびるが付け根に到達している。勃起していたら、まずできないことだ。

彼女はセーターをめくった。自分でブラジャーのホックを外して乳房をあらわにした。厚手のズボンを脱ぎ、ストッキング姿になった。

未亡人の下着姿はやはり妖しさが漂う。陰茎の芯に響くいかがわしさだ。勃起はしないけれど、彼女のいかがわしさは男の軀の奥底にまで届いている。

「ねえ、して。硬くなくていいから、お願い」

「確実にセックスの真似事で終わっちゃうよ。それでもいいんですか？」

「いいの、あなたにして欲しいの」

「欲求不満にさせるだけじゃないかな。ぼくは明日の夕方には東京に戻るんですよ。不満にさせたままにするくらいなら、しないほうがましだと思うけど……」

「あなたがしたくないと言うなら、従うだけです。わたしも女子島出身の女ですからね。正直言って、男の人が望むことが、わたしの悦びなんです」

「ぼくたちの出会いは必然です。今夜セックスしなくても、必ずいつか、そのチャンスが訪れる……。ところで、ご主人との出会いも必然だったんですよね」

「出会いが必然だったのか、別れが必然だったのか、わたしにはわかりません。ただ、何かの導きがあったことは感じています。だからこそ、義理の両親以外に親類のいない戸隠で踏ん張って生活しているんです」

早苗は仰向けになった。言葉とは裏腹に、彼女の淫靡なしながら誘っていた。伊原は軀を重ねた。萎えた陰茎を割れ目に合わせた。付け根から折れ曲がるのがわかっても、かまわずに腰を押し込んだ。

「今やっていることを、明日、鏡池の前でやってみたいな」

伊原の脳裡には、高千穂の天岩戸の前で那奈と交わった時のことが浮かんでいた。ふたりに誘われて赤玉が現れた。あの時は摑《つか》まえられなかったけれど、今度はできるかもしれない。

根拠はある。

赤玉にとって鏡池は特異な場所だ。高千穂も重要な場所ではあるが、赤玉の存在そのものの意味が違うからだ。

赤玉は何かのきっかけで、男の軀から離れる。理由はわからない。赤玉自体の寿命が尽きるか、性的なポテンシャルがガクンと落ちると離れていくのか。

いずれにしろ、男の軀から離れた赤玉は、高千穂に向かう。聖池で本当の死を迎えるのだ。でもそこではただ死ぬわけではない。再生のための死である。天岩戸から現れた龍の姿になって飛んでいた無数の赤玉も、再生途中だったのだ。

再生した赤玉は、戸隠で姿を現す。高千穂と、天岩戸が投げ飛ばされた地の戸隠とは列島の地下でつながっているということだ。水脈のように、赤玉の脈がある。

「こんな時に話すのは心苦しいんですけど、ほんとに明日でいいんでしょうか?」

仰向けになっている早苗が囁いた。伊原は、イエスの意味を込めて腰を突いた。なのに、早苗はまた同じ意味の言葉を繰り返した。

「本当にいいんですか。明日だと遅いんじゃないでしょうか」

「そこまで言うからには、今日でなくちゃいけない意味があるんですか？」

「主人が鏡池に行くのはいつも満月の夜でした。実は、わたしたちが夫婦の営《いとな》みをもっていたのも、たいがい、満月の時だったから……」

「そうか、うっかりしていた。そうだ、高千穂でも満月がキーワードだった。赤玉は満月の夜に現れるんだ」

伊原の脳裡に浮かんだのは、満月の夜にいっせいに産卵する珊瑚《さんご》の映像だった。満月が生命をつくる。赤玉もきっと同じだ。

「ご主人との交わりは、どうでしたか？」

伊原は失礼なことを口にしていると思いながらも、好奇心を抑え切れずに訊いた。自分と同じように、早苗の夫も勃起不全だった。

「あの人、変なことを口走りだしたんです。頭がおかしくなったんじゃないかと思って、怖かったのを覚えています」

「口走ったというのは、どんなこと？」

「赤玉が見えるとか、池の水面に映る戸隠連山の蟻の戸渡りが真っ赤に染まっているとか、男の生命がここで甦っているとか、ぼくは行かなくちゃいけないとか……」

「ご主人は、赤玉に呼ばれたのかな。それはともかく、勃起不全は治ったんですか?」

「わかりません。あの日の夜中に、彼は池に入ったんです」

伊原は深々とため息をついた。

早苗の夫は鏡池でうつ伏せで浮かんでいるところを発見された。溺死《できし》だ。

早苗が腰を引いた。割れ目に密着していた萎えた陰茎が離された。亡くなった夫のことを思い出して、その時の悲しみまでも甦らせてしまったのかと心配になった。が、そうではないことはすぐにわかった。

「今夜またお会いするとしたら、わたし、家にいったん戻ります。義理の両親の世話をしないといけませんから」

「というと、満月の夜のうちにまた、会えるということですね」

「そのほうがいいと思います。あなたにとって……」

「連れの女性をどうしようかな」

「やっぱり無理ですか? そうですよね。彼女がいくら女子島の出身だからって、あなたをひとりにさせるわけがないですよね。嫉妬しない女はいないもの」

「たぶん、大丈夫です。彼女の心は、早苗さんが言うほどには狭量《きょうりょう》じゃないですよ」

伊原は微笑むと、部屋の出入口の引き戸に目を遣った。

廊下を歩く足音がこちらに向かってくる。

マキだ。伊原は素早くパンツを穿《は》いて乱れた浴衣を直した。早苗も素早かった。引き戸が開いた時にはすっかり着衣の乱れを直していた。何事もなかったかのように、座卓の反対側に移っていた。

「よかった、まだいてくれて……」

マキはにっこりと微笑みながら言った。彼女の表情には嫉妬の色は浮かんではいなかった。安堵《あんど》していると、彼女の背後に赤沢旅館の女将がいることに気づいた。

「マキちゃん、タイミング、抜群。黒森さん、ちょうど帰るところだったんだ。女将さんと一緒だったんだ？」

「ロビーで女将さんと話しているうちに、黒森さんを交えて四人で鏡池のことを話せたら有意義じゃないかってことになったの。黒森さんには迷惑かと思ったけど、女将さんに来ていただいたんです」

「鏡池のことって……」

伊原は女将を見遣った。

女将は部屋に入ってきた。伊原が見遣っていると、マキが隣に坐って、

「女将さんのお名前は、こちらの旅館の屋号と同じ、赤沢さんなんですって。四神で赤と言ったら、南の方角を守る朱雀のこと。鏡池との位置関係を考えると、赤沢旅館は南の方

角なんですよ」

と、言った。

女将は早苗の隣に坐った。伊原と女将、マキと早苗が向かい合った。女将は座卓に備えているお茶を四人分淹《い》れながら、自己紹介をはじめた。

「どうもみなさん、赤沢旅館の女将、赤沢美鈴《みすず》と言います。もうすぐ四十代もおしまいの年齢です。わたし、戸隠で生まれて育ちました。高校を卒業してすぐに家業のこの旅館で働きはじめたので、あなたたちのように、外の世界のことを知りません。でも、戸隠のことについてはよくわかっているつもりです。そういうこともあって、ご迷惑を承知で、遅い時間に、お客様のお部屋を訪ねさせてもらいました」

「実は、黒森さんのご主人が亡くなった夜、戸隠連山がいつもとは違った風景になったのを、女将さんは目撃したそうなの。お風呂からあがった時にそんな話を聞いたから、来ていただいたの」

マキの説明でようやく腑《ふ》に落ちた。早苗は居心地の悪そうな表情を浮かべていた。その話題を避けたがっているのが、手に取るようにわかった。マキはそんな彼女の向かい側に坐っているのだから気づいていてもいいはずなのに、おかまいなしだった。

「伊原さんは、赤玉を見ることができるのは男だけと言っていましたけど、女将さんは見たんですって」

「その晩に？」

伊原は思わず訊いた。マキが女将をうながした。

「女将さん、その時のことをもう一度、教えてください」

「わたしが山を見たのは、深夜二時くらいでしたでしょうか。満月でした。いつもと様子が違って変だと感じたのは、月明かりを浴びて金色に染まっているはずの嶺々が、真っ赤だったんです」

戸隠連山を覆うほどの無数の赤玉だったのだろう。伊原には容易に想像がついた。天岩戸から、龍の形になって現れた無数の赤玉を目撃している。あれと同じだったら、空は真っ赤に染まっていただろう。

それにしても、なぜ、女性の女将がそれを目にできたのか。女は赤玉を見ることができないはずだ。

「真っ赤に染まった山々を見て、戸隠が怒っていると思ったんです。次の日、鏡池で亡くなっている男の人がいると知って、山の怒りと関連があるという気がしたんです」

「うーむ」

伊原は唸り声をあげて腕組みをした。赤玉が再生しているのだから、そこに喜びはあったとしても怒りはないと思う。でも、それを目撃した時の女将の感覚を、間違いだと切り捨てることはできない。

「今夜は満月ですよね」

マキが言い、女将がうなずいた。それを見ていた黒森早苗が視線を送ってくるのを感じながら、伊原も小さく「うん」と答えた。今夜、鏡池に行かなくてはいけない。赤玉を追い求めてきた男は意を強くした。

## 鏡の夜

鏡池は強烈な寒気の中にあった。睫毛《まつげ》にかかった息まで凍るようだ。

午後十一時過ぎ。

伊原は鏡池のほとりに立っている。

足元からしんしんと冷気が這い上がってくる。冗談ではなく、じっとしていると凍《こご》えてしまう。東京から着てきたコートでは防寒にならないということで、赤沢旅館の女将が厚手のダウンコートと毛布を貸してくれた。

隣には黒森早苗がいる。彼女は地元で暮らしているだけあって暖かそうな格好だ。もちろん、スカートではない。

ふたりで毛布にくるまっている。背後には赤沢旅館の送迎用の車が停まっている。約三メートルの間隔。マキと女将のふたりが運転席と助手席に乗っている。奇妙だけれど、これは皆が鏡池と赤玉と伊原との関係に好奇心を抱いた結果だ。

「黒森さん、ごめんなさい。まさか、こんなことになるとは思いませんでした。マキちゃんだけならまだしも、女将まで来るなんて」

「いいんです、これもきっと運命でしょうから……。わたし、女子島の出身じゃなかったら、伊原さんの申し出は断っていたと思います」

伊原は背中に視線が刺さるのを感じながら、早苗を抱き寄せた。女体のぬくもりが毛布の内側にこもる。毛布にくるまっているおかげで、見られている意識が薄らぐ。

大きな満月だ。空気が澄み切っているためにくっきりと見える。鏡池の水面に月が映り込む。さざ波が立ち、月が揺れる。

今のところ、赤玉が現れる気配はない。辛抱《しんぼう》強く待つだけだ。

ふたりは毛布を頭からすっぽりとかぶった。立ったままだ。でもこれでもう、車のふたりに見られることはない。心おきなく、互いにぬくもりを味わえる。

キスをした。ひんやりとしたくちびるの中から、生温かいぬるりとした舌が出てきた。新鮮な感触だ。マキとも那奈とも違う。でも、あまりに寒くて、性的な気持よさにはつながらない。

彼女のロングコートの上から、乳房めがけて手を伸ばす。モコモコとしていて、肉の感触が伝わってこない。彼女がくすくすっと少女のような笑い声を洩らした。それをきっかけに、寒さのことをあまり意識しなくなった。

「早苗さんとの心の距離が近くなった気がします。これも、鏡池の効力でしょうか」

「わたしは戸惑っています。ほんとにこんなことしていいのかって……。亡くなった主人が、わたしの今していることを見咎《みとが》めている気がしてならないんです」

「それは、ご主人が今も生きているという感じがするということですか？」

「怖いことを言わないでください。ひとりでこの池に来られなくなっちゃいます。管理できなくなったら大変でしょう？」

早苗が話している間に、伊原は彼女のロングコートのボタンの隙間《すきま》に手を差し入れた。セーターの上からでも、ブラジャーと乳房の感触は伝わった。

伊原はそんな程度では不満だった。天岩戸の前で那奈とセックスした時のように、全裸で早苗と交わってみたかった。それができてこそ、赤玉を呼び寄せられると考えていたからだ。

「こんなに寒いと、何もできないものなんですね。情熱とか衝動だけでは無理だってことがわかりました」

「あなたに変化はありませんか？　赤玉が見えるようになったとか、鏡池に呼ばれている気がするとか、池に入りたくなったとか……」

「それはつまり、ご主人が亡くなった理由が、鏡池に隠されていると考えているんですね。事故ではなかったと？」

伊原はそこで言葉を呑み込んだ。

鏡池が赤く染まりはじめた。

自然現象ではない。月光は青白かったり黄色みがかったりしている。池を覆うように繁《しげ》っている木々は漆黒だ。なのに、池の水面は赤い。戸隠連山の頂に降った雪が、月光を反射しているわけでもない。

鏡池には意思があるようだった。高千穂の聖池で赤玉が現れた時と同じだ。

早苗の横顔を見たが、表情は変わらない。彼女にはこの劇的な変わり様《よう》が見えていないことがよくわかる。

早苗を全裸にしたい。ここで交わりたい。

天岩戸の前で那奈とつながった時のように。

あの時、無数の赤玉の中から、数個が飛び出てきた。那奈の淫《みだ》らな姿に惹き寄せられたのだ。同じように、赤玉がおびき出せるかもしれない。

「早苗さん、お願いがあります。寒いだろうけど、今すぐセックスしてくれませんか。不《ふ》貞《てい》を働いて欲しいと言っているんじゃない。赤玉が池の底から現れているんですよ。セックスすることで大きな変化が起きる予感がするんです」

「本当に、今ここで、ですか。主人が亡くなったこの場所で？」

「あなたの事情をすべてわかったうえで、敢えて頼んでいるんです。ご主人が亡くなった真相もわかるかもしれない」

「わたし、寒くて裸にはなれません。笑いごとじゃなくて、ふたりとも大切なところが凍傷になっちゃう。覚悟してきましたけど、やっぱり無理です。それに、後ろであの人たちに見られてもいるし……」

鏡池を染める赤はゆっくりと濃くなっている。大きな満月を隠す雲はない。赤玉の赤色と月光の黄色と青白い色が混じる。零下になった気温が、光までも凍らせているようだ。

クラクションが鳴った。

静寂が破られた。

驚いた。彼女たちの無神経な行為に憤慨《ふんがい》した。赤玉の動きに影響が出たらどうする。満月の晩だけに繰り広げられる神秘なのだ。

車のドアが開いた。マキが大声を投げてきた。

「ふたりとも大丈夫？　眠っていない？　この寒さの中で眠ったら、生命に関わるわよ」

「起きているよ。赤玉が出てきているんだ」

伊原は毛布から顔を出して振り返った。彼女たちの心配もわかる。本当に寒い。たとえるなら、真冬の夜のスキー場に肌着だけで立っているようなものだろうか。

車に戻った。

暖房が利いている。温かさが身に染みた。そうしている間にも、池の水面の赤は濃くなっている。

「マキちゃんも早苗さんも女将も、女性だから見えないだろうけど、鏡池が赤く染まりだしているんだ。色も水面も、刻一刻、変化しているよ」

「ケータイのカメラで撮《と》っても写らない？」

マキは言うなり、ケータイを取り出してシャッターを押した。次に彼女は動画モードにして撮りだした。

マキは即座にデータフォルダを開いてチェックしたが、写真も動画も、赤玉を撮ることはできていなかった。

鏡池を見遣った。

水面には無数の赤玉が浮きはじめた。高千穂の聖池の時と比べて、赤玉に変化があるのかどうか。生き生きしていたら、再生した証拠になるだろう。しかし、十メートル近く離れた車の中にいて、フロントガラス越しに見ているのでは、はっきりとしたことはわからない。

「ああっ、どうしたらいいんだ。ぼくは何をしたらいいのか？」

伊原は車から飛び出した。その刹那《せつな》、鏡池で溺死体で見つかった早苗の夫のことが脳裡を掠めた。彼も今の自分みたいに、焦燥《しょうそう》に駆《か》られて、池に走ったのかもしれない。

月光を浴びている水面を見遣る。

赤い絨毯《じゅうたん》が水面に敷き詰められているようだ。見ようによっては、水面であることを忘れさせる。陸つづきだと勘違いして、足を踏み入れて溺れたとも考えられる。

水面だけでなく水中にも、赤玉は満ちている。無数だ。透明感があって、生き生きとしている。ああっ、赤玉は生きている。伊原は初めてそう感じた。高千穂で目撃した時には、こんなにも生きるエネルギーを感じなかった。

池の縁に立った。

ひとりの男の存在など気にしていないかのように、無数の赤玉はうごめいている。腰を落として、水面に手を伸ばした。自分の体内から出てしまった赤玉がどこかにいるかもしれないと思いながら……。

赤玉をすくい取ることはできない。手が水に濡れただけだ。不思議なことに、赤玉の中に手を入れると、赤玉は手を避けた。感覚も意思もある。高千穂でわかったことだが、やはり、感激した。

自分の赤玉をおびき寄せるには、セックスするしかないのかな……。

伊原は振り返って、車内の三人を見た。

いったい誰とセックスすればいいんだ……。

当初は早苗が相手だと思っていたが、今はその考えが揺らいでいた。マキのほうがいいのではないか、と。早苗とセックスしたら、彼女の夫の赤玉が出てきそうな気がした。那奈が適任だと思うが、ここにいない女性のことを思っても仕方ない。となると、マキしかいない。女将を相手にするという選択肢《し》はない。

伊原は車に戻った。早苗には悪いと思いながら、助手席のマキに声をかけて後部座席に移らせた。

後部座席の右に早苗、真ん中に伊原、左にマキが坐った。

車内は濃密な空間にいっきに変わった。女子島出身のマキと早苗は、妖しい雰囲気になったことを敏感に察していた。

運転席では、赤沢旅館の女将赤沢美鈴が両手でハンドルを握りしめたまま、フロントガラスの先をじっと見つめている。

マキの肩を抱いた。濃密な空気が震えた。右隣の早苗が唾液を呑み込んだ。運転席の女将が上体を左右に小さく揺すった。伊原はマキの耳元で囁いた。

「マキちゃんには見えないだろうけど、鏡池にはびっしりと赤玉がいるんだよ。どれも生き生きとしている。きっと、再生したんだ。ぼくの赤玉もいるかもしれない」

言い終わったところで、マキの耳の後ろにくちびるをつけた。エンジン音だけが響く車内に、キスの濁《にご》った音があがった。

「伊原さん、ダメ、こんなところで……。女将さんもいるのに。あなたはさっきまで、早苗さんと一緒に毛布にくるまっていたでしょう?」

「赤玉をおびきよせるためには、馴染んだ女性でないといけないと思うんだ。黒森さんを相手にしたら、亡くなったご主人の赤玉が出てくるんじゃないかな」

「伊原さんがそう言うなら、きっとそうなんでしょうね」

「ぼくが思うに、マキちゃんも黒森さんも女将も、それぞれに赤玉に関わっていると思うんだ。だから今夜、一堂に会したんじゃないかな? つまり、これは偶然ではない」

「だから?」

「必然によって集まった四人だとしたら、何をするにしても、ためらうことは何もないと思うんだ」

「わかる気はするけど、その論理、ちょっと強引すぎないかしら。わたしたちはたぶん、赤玉には関連していません」

「マキちゃんは女子島で東の方角を守る神だよね。黒森早苗さんは戸隠で鏡池の守護者。女将の赤沢美鈴さんは、南の方角を守る神なんじゃないか?」

「伊原さんの想像力が素晴らしいことは認めるけど、赤玉には関係ないでしょう」

「わかってくれないかなあ? ぼくがここにいるのは、必然の出会いによって導かれてきたんだ。その必然を信じることのほうが自然なことだと思わないか? 信じないことのほうが難しいよ」

伊原は自分の考えを強引に押し付けようとしているのではない。これまでまったく知らなかった戸隠の鏡池という場所にいる不思議さを思えば、すべてが必然によって引き起こされているとしか考えられない。

自分の体内から出ていった赤玉を取り戻せそうだ。そのためにも、今ここでマキとセックスすることだ。天岩戸の前の空き地で那奈とセックスした時のようにできれば、自分の体内にいた赤玉を引き寄せられるはずだ。

あの時、赤玉は体内に戻らなかった。その原因は、今ならわかる。耐用年数がキレた赤玉だったからだ。そんなものが、体内に戻れるはずがない。

マキにくちびるを寄せた。右側に坐った早苗が上体を揺すりはじめた。動揺している。女の嫉妬によるものなのか、車内でキスするカップルの横にいるという理由からか。

伊原はキスをした。

乳房を思い切って揉む。衣擦れの音が車内に充満する。マキの甘い吐息に、女将と早苗のため息が混じる。

「早苗さん、ごめんなさい……」

マキの申し訳なさそうな声が洩れる。早苗がすぐに返事をした。

「そういうことは気にしちゃダメ。マキさんもわたしも、男の喜びのために存在する島に生まれたの。それは運命なのよ。自分たちの血となり肉となっている女子島の存在理由に、今こそ忠実に従いましょう」

黒森早苗は本気だ。自分の気持を行動で示すために、伊原のコートを脱がしはじめた。ふたりの絡みに参加しようというのではない。抱き合おうとしているふたりのためらいを無くすためだ。

伊原は薄手のセーターだけになった。ズボンはまだ脱いでいないが、マキがベルトを外し、ファスナーを下ろしてくれた。

四人の息遣いのために、フロントガラスが曇る。鏡池が見えなくなるたびに、女将がエアコンを強くし、ワイパーを動かす。早苗が後部座席のシートを少し倒す。抱き合う空間が広くなる。マキは座席に寄り掛かりながら、伊原のファスナーに手を差し入れる。

「伊原さん、すごく熱い。もうすぐ、硬くなるんじゃないかしら」

「気持よくさせてくれるかい、マキちゃん」

伊原は腰を二度三度と突き上げて、マキにフェラチオをねだった。

ズボンが下ろされる。七人乗りのワンボックスタイプとはいえ、座席の空間は狭い。互いに協力しないとスムーズに脱ぐことも、脱がすこともできない。

下着だけになった。

伊原は必死だ。そのおかげで、羞恥心は芽生《めば》えていない。背後で早苗の視線を感じたり、バックミラーに映る女将の目と何度も合ったりしてもだ。

マキを下着だけの姿にした。ふたりの洋服は、三列目の席に置いた。

「この車はシートがフルフラットになるの。早苗さん、おふたりのために座席を平らになるまで倒していただけますか」

女将の言葉に、早苗だけでなくマキも伊原も即座に行動した。二列目と三列目のシートを倒して平らにした。女将が旅館から持ってきた毛布でシートの凹凸《おうとつ》を消した。

早苗は居場所を失ったけれど、助手席には移動しなかった。

「マキちゃん、これからはぼくたちふたりだけがここにいると思うようにしよう。ぼくを信じて、欲望と快感に没頭するんだ」

「わたしって、変かなあ。恥ずかしさは感じないんですけど、すごく緊張しています。責任重大だもの」

「責任？」

「伊原さんの赤玉をおびき寄せないといけないから……。これって、女子島で東の方角を守る責任を与えられた者にとっての運命なのかな」

「深刻に考えないほうがいいって。ほら、マキちゃん、肩の力を抜いて」

伊原はマキの両肩をマッサージするように揉んだ。リラックスが必要だ。真の快楽に浸らないと赤玉は来ないだろう。

ブラジャーのストラップを肩から落とし、ホックを外した。

マキは乳房をあらわにしながら仰向けになった。堂々としている。早苗のあからさまな視線に動じることもない。マキの様子を見ていると、女がいったん肚《はら》をくくるとどんなことでもできると断言できそうだった。

向かって右側の乳房を右手でゆっくりと揉む。手前の乳房にはくちびるを這わす。アイドリングしているエンジンのかすかな揺れが軀の奥に心地よく響いてくる。大胆なことをやっているという気持の高ぶりが、熱くなっている性欲をさらに煽《あお》る。

夜十二時を過ぎた。

満月には雲ひとつかかっていない。車内にまで黄色がかった月明かりが差し込む。そこに鏡池の無数の赤玉が放つ赤色が混じる。

赤玉は集まっているが、形を成《な》しているわけではない。天岩戸の時の赤玉は、龍の姿となった。天に昇るように駆けた後、天岩戸がつくる裂け目に消えた。

「遠慮しなくていいから、あなたたち。激しくしてもらってかまわないわよ」

女将がバックミラーを見遣りながら言った。

応じたのは黒森早苗だ。伊原のパンツを脱がした。お尻から背中にかけて撫でる。その間、伊原はマキの乳首を吸い、何度も揉みあげる。３Ｐくずれと呼ぶべきか、３Ｐまがいと言ったほうがいいか。

早苗の息遣いが荒くなる。バックミラーを介して眺めていた女将が、今は振り返って直《じか》に三人の様子を見はじめた。

　四十代後半の女将の頬の赤みが濃くなっている。瞳の潤みにさざ波を立たせながら、唾液を呑み込む。それまでずっと冷静だった女将の高ぶりが感じられる。四人全員が性欲のうねりの中に入っていく。

「あっ、早苗さん……」

　Tバックを剝ぎ取られて全裸になったマキが呻いた。早苗は自分でロングコートとセーターを脱いでいた。

　伊原は背中を早苗に舐められ、萎えたままの陰茎をマキにやさしくしごかれる。気持がいい。背中も陰茎も。といっても、それは勃起につながる快感ではない。

「マキさん、ごめんなさい。我慢していたんですけど、どうにもならなくなって……。わたしが加わったら、いやよね？　やっぱり」

　そんなことを訊くこと自体おかしい。いやではないと言って欲しいがために訊いているとしか思えなかった。でもこれは、女同士が共犯関係を結ぶために必要な、ある種の通過儀礼なのかもしれない。

「ううん、してください。鏡池を守っている早苗さんが加わってくれたら心強いわ。伊原さんだって、悪い気はしないはずだもの。そうでしょう？　伊原さん」

　マキの問いかけに、伊原は素直にうなずいた。はからずも、両手に花の情況になった。

左にマキ、右に早苗。これでふたりの表情を見ることができる。

「マキちゃん、いいかい、これも必然なんだよ。三人で性的なことをしても、反道徳的ではないからね。赤玉に関連する人たちと触れ合わないと、体内から失《う》せていった赤玉を取り戻せないんだよ、きっと」

「たぶん、そうなんでしょうね。何の違和感もなく、こんなふうになったんだもの」

マキは奇妙な気持になっていた。男を喜ばせることだけを考え、尽くしてきたマキは、そうすることが自分の使命だと考えていた。なのに、今ここでは、赤玉を取り戻すために尽くしているからだ。

白鳥タネはこうなることがわかっていたのだろうか。

龍の入墨を彫る時、タネは言った。

『女子島の東を守るために、おまえは生まれてきたんだ。だから、青龍を彫ることは定《さだ》めなのだ』

と。タネはさらに加えた。

『女子島だけの小さな問題ではない。男の性を授《さず》かった日本の男たちのためにも、おまえは龍を背中に刻まないといけない』

マキはその時のことをありありと覚えている。タネの言葉の意味がまったく理解できなかった。が、今ならわかる。赤玉のために青龍は必要な存在なのだ。

使命だとしたら、恥ずかしがるのはおかしい。嫌がるとしたら、自分の使命がわかっていないことになる。マキは全身に気力がみなぎるのを感じた。青龍の入墨を彫り終えて、東の方角を守る自宅に戻った時に感じたものに似ていた。

伊原は全裸のマキを左で腕枕し、下着姿になった早苗を右で腕枕した。初めての経験に、男の心も軀も興奮している。呼吸がうまくできないし、目が霞んだりもする。なのに、陰茎はだらりと垂れたままだ。腹筋に力を入れてみても、ぴくりとも動かない。

「早苗さんも積極的に加わってくださいね。赤玉に関係しているんですから、今日出会ったばかりってことは気にしないでね」

「マキさんにそう言ってもらって、わたし、安心。お邪魔だってわかっているのに、なぜか、こんなことになっちゃったのよね」

「それこそ、必然だからでしょう。ねえ、三人で思いっきりしましょうよ。わたしたちにもわかる変化が見られるかもしれないし、わたしたちがなぜ、ここにいるのか、なぜ、赤玉と関連があるのかがわかるかもしれないもの……」

マキのその言葉が合図となった。

ふたりの女は、軀をずらした。伊原の左右の乳首を、マキと早苗が吸いはじめた。ふたりとも積極的だ。警戒心が解《と》けたからか、それとも、共通の目的が持てたからなのか。

くちびるの感触は、女性それぞれで違っている。

早苗のほうがいくらかやわらかい。舌先となると、マキのほうが弾力がある。唾液の塗り込み方にも違いがあって、マキはすっと軽く掃《は》くように舐めるけれど、早苗は肌の奥に浸透《しんとう》させるかのように強く押して舐める。

ふたりの指が、陰茎に向かった。

伊原はうっとりとして目を閉じる。陰茎への心地いい快感の予感に、心臓が強烈に速く鼓動する。股間も熱い。勃起できないことを除けば、男の軀としては正常だから当然の反応だ。

マキが股間に顔を寄せた。それを見た早苗も顔を近づけた。

「マキさん、このおちんちんをひとり占めしたかったら遠慮なく言ってね」

「ふたりでしないといけないと思います。出会ったのが必然なら、この車に乗り合わせているのも必然でしょう？　こんなにも感じられる必然を拒んではいけないわ」

「あなたの言うとおりなのかな。必然を突き詰めていったら、わたしがなぜ、亡くなった夫の代わりに鏡池を守らなくちゃいけなくなったのかがわかるかもしれない……」

「わたしも、なぜ、東を守る人になったのかという根本的な疑問を抱いていました。島にいる時は、そうした疑問を持ってはいけないと自戒していたんですけどね」

マキは可笑しそうにくすくすっと笑い声を洩らした後で、ふぐりにくちびるをつけた。

早苗がもう一方のふぐりに舌を這わせた。

ふたりが同時に塊を口にふくんだ。互いに塊を吸っていく。ゆっくりと吸引の加減をしながら。強く吸うと痛がるということを、ふたりの女は知っている。マキが塊を吸えば早苗が吐き出し、早苗がふくめばマキが吐き出す。

目と目で合図しては、絶妙な連携《れんけい》を易々《やすやす》と繰り返す。どちらがイニシアチブを取っているというわけではない。マキの時もあれば早苗が主導したりもする。

ふぐりの塊を口にふくみながら萎えた陰茎をしごいたのは早苗だ。しなやかな足を絡ませた。マキが真似た。三人の足がひとつの束《たば》のようになる。

鏡池の赤玉は数を増しているようだ。仰向けになっている伊原の目線の高さからは、池を見ることができない。それでも増えているとわかるのは、池の上空数メートルにまで赤玉が積み重なっているからだ。

ごくりと唾液を呑み込む音が響いた。車体が揺れた。女将が左右に小刻みに軀を揺らしていることに、横になっている三人は気づいた。

女将に声をかけたのはマキだ。ハンドルを握りしめながらフロントガラスをじっと見つめていた女将が、ゆっくりと振り返った。

「お楽しみを邪魔しちゃって、お三人さん、ごめんなさいね」

マキと早苗が顔を見合わせた。マキはふぐりの塊を口から出し、早苗は萎えた陰茎を離した。

「女将さんには感謝しています。こんなにエッチなことをしているのに、見て見ぬフリをして好きにさせてくれているんですから」

「これも必然？」

早苗がぼそりと言った。「あっ」と、マキが驚きの声をあげた。伊原も意表を突かれて、女将の顔に目を遣った。

「女将さんがここにいるのが必然だとしたら、運転席にいるのは変です。こっちに来てください」

マキが誘った。どうなるのか？　伊原は固唾《かたず》を飲んで見守った。

実際の年齢はわからないが、四十代だという。彼女が今ここで、二十代のマキ、三十代の早苗の中に入っていけるのかどうか。そんないらぬ心配が脳裡を掠める。

女将が運転席を離れた。

後部座席に移ってきた。バックミラーで目を合わせていただけではわからなかったが、女将の頰は紅潮しているし、瞳を覆う潤みも厚みを増していた。チラッと見ただけで、性的な興奮に包まれていることがわかった。

場所は狭い。七人乗りのワンボックスカーとはいえ、三人の大人が仰向けになっているともうひとりの居場所がない。伊原の足の間に入ってきた。女将は厚手のダウンジャケットを着込んでいたけれど、自らそれを脱ぎ、セーターも脱いだ。長袖の下着姿になったところで、口を開いた。

「やっぱりわたしも赤玉に関係があるみたいですね。単に、赤玉を見たっていうだけではなかったのね」

「関係って……」

早苗はそれだけ言って絶句した。女将の思いも寄らぬ言葉に、マキも伊原も驚愕した。

赤玉にはいくつもの必然があり、いくつもの秘密があるということだ。

「この町で暮らしている黒森さんならご存知だと思いますけど、赤沢旅館は何百年も前からつづいている老舗《しにせ》です。つづけてこられたのは温泉がいいとか料理がおいしいということだけが理由ではないんです。その昔に、この場所を守るようにというお告《つ》げがあったからだそうです」

「そのお告げというのは、創業者に対してですよね？　何百年も昔のことを、代々受け継いできたんでしょうか」

伊原が訊いた。次の代に移れば、いくらお告げであっても、少しずつありがたみも意味も薄らいでいく気がした。因習《いんしゅう》や言い伝えに囚《とら》われていた頃ならお告げに威力があっただろう。が、今は現代だ。

「次の代に移ると、その主《あるじ》の枕元に立ってお告げを耳元で言うんです」

「誰が？」

「神様だと思っています」

「ということは、その神様が、女将さんの枕元にも？」

「信じられないでしょうけど、はい。人間の姿をしてはいなかったと思います。得体《えたい》の知れない何かです。でも、怖いとは思いませんでしたよ。羽を広げていました」

伊原は直感した。枕元に立ったのは、南の方角を守る神獣の朱雀だ。いや、朱雀のような姿をした赤玉の群れか？

女将が屈み込みながら、マキと早苗をうながした。

「中断させてしまってごめんなさいね。さあ、さっきのつづきをしてちょうだい」

ふたりはふぐりの塊を分け合った。陰茎はだらりと萎えている。マキがそれをしごこうとした時、女将が言った。

「マキさん、いいの、しなくて。わたしが気持よくさせてあげますから」

女将は少し照れた表情を浮かべた後、陰茎を口にふくんだ。

神獣と淫獣

信じられないことが起きている。

ふぐりの左側をマキが、右側を早苗が舐めている。

ふたりに割って入るように、運転席に坐っていた赤沢旅館の女将が、陰茎を呑み込み、頭を上下に動かしている。

四十代後半の女性にフェラチオをしてもらうのは初めてだ。

女将の場合は、ねっとりとしていて粘っこい。男の快感のツボを心得ていて、そこを徹底的に刺激してくる。一方、すぐ横にいる二十代のマキの場合は、くちびる全体が元気よく動いて、メリハリが利いたフェラチオをする。どちらも好みだけれど、寒さが募《つの》る夜中という今の情況では、女将の濃厚さがうれしい。

マキと早苗がまた、ふぐりにくちびるを寄せた。女将は当然のようにフェラチオをつづけているから、股間には三人の顔がひしめきあっている。

マキはふぐりの皺を伸ばすように舌先で圧迫する。早苗はふぐりの奥の塊の輪郭を確かめるようにやさしく舐める。年齢の違う三人の女性の舌とくちびるの感触は微妙に違っていて、どれもが心地いい。

「ああっ、すごいよ、みんな。気持がよくって、おかしくなりそうだ」

伊原の喘ぎ声に、七人乗りのワンボックスカーの車内の熱気は強まる。全身が熱い。毛穴のひとつひとつから性欲が噴き出している気がする。

フェラチオはつづく。女将の長い髪が乱れはじめる。両手を伊原の左右の太ももに添える。優美な姿だ。伊原の目には、羽を伸ばした神獣の朱雀に見えた。彼女の姿は、奈良《なら》県明日香《あすか》村のキトラ古墳で発見されて話題になった朱雀に似ていた。

「女将さんの舌遣い、本当に気持いいんです。勃起していないからって、快感がないとは思わないでください」

伊原は女将だけを見つめて囁いた。誠心誠意のフェラチオには、強烈な勃起で応えるべきだと思っている。だからこそ、申し訳ないという気持が強いのだ。

女将が口を離して微笑んだ。ねっとりとした眼差しは淫らだ。マキとも早苗とも違う妖しさは、陰茎の奥の熱気を直接刺激してくる。それがマキと早苗の舌遣いから生まれる快感を増幅させていく。

「マキさんも早苗さんも、今夜のことは秘密ですからね。わかっているでしょう?」

女将が念を押した。三人は視線を交わしていた。

マキと早苗は深々とうなずいていて、女将の念押しに応じる。

フロントガラスが赤く染まった。

鏡池は無数の赤玉で満ちている。月の青白い光を浴びて、赤玉ひとつひとつがくっきりとした輪郭を描き、生き生きとしている。

エネルギーが充溢《じゅういつ》しているのが、十数メートル離れた車内からもわかった。十数分前に鏡池の縁にいた時よりも、明らかに、赤玉が勢いづいている。精気のみなぎりが強まっていて、見ているだけでも元気づけられる。

三人の女性には見えない。鏡池の守護者になった早苗には、赤玉の気配だけは伝わっている。彼女は赤玉が放っている生《せい》のエネルギーを感じ取っているからだ。

伊原は三人に赤玉の様子を教えてあげる。彼女たちは愛撫を中断し、鏡池のほうに視線を向ける。

「みんなには見えないでしょうけど、池にびっしりと浮かんでいる赤玉が細かく動いているんです。どこかにぼくの赤玉もいるんだろうな。赤玉は池から溢れ出ていて、こっちに向かってきています。こうしている間にも、車の中に入ってくるかもしれない……。それくらい、膨大《ぼうだい》な数の赤玉です」

「わたしも感じます。強いエネルギーが近づいてきているのがわかります。これって、わたしがこれまで満月の夜に鏡池で必ず感じていたものです」

「池の守護者だから、黒森さんは感じられるんでしょうね」

「伊原さん、ああっ、それは違う。わたしが主人の赤玉に触れることを願っている妻だからだと思います」

「どういうことですか、黒森さん」

「赤玉が感じられるようになると、わたし、我慢できなくなっちゃうんです。正直に言うと、欲求不満の女になるんです」

「ひとりで池を守っている時にも、欲求不満になっていたんですか？」

「ああっ、恥ずかしいけど、そうなの。軀が火照って眠れない時は、亡くなった主人を恨んでばかり……。わたし、自分で慰めていたんです」

黒森早苗が恨めしそうな目をした。右手はすでに股間に指を這わせていた。

オナニーをはじめた。ふたりの女とひとりの男が見ているというのに、彼女は恥ずかしさを感じていないかのようだ。指遣いも腰の動きも喘ぎ声もあからさまだ。見せつけることで、刺激を得ようとさえしているようだ。

指が割れ目に埋まる。細かい振動を加えている。うるみが滲んで、鈍《にぶ》い輝きを放つ。艶やかな襞と指が絡まり合う。そのふたつは、ハーモニーを奏《かな》でるように動く。彼女の声が主旋律を担当する。

「わたし、淫乱になるんです。赤玉がそうさせているんです。自分では止められません。わかってください。わたしの意思ではなくて、赤玉のせいなんです。ああっ、恥ずかしいけど、気持いい。見ないで欲しいけど、じっくりと見て欲しいの。ああっ、変でしょう？これはわたしがいけないんじゃなくて、赤玉のせいなの」

「赤玉がいけないなら、なぜ、わたしは淫乱にならないの？」

女将が不思議そうな声をあげた。早苗の説明を忘れたわけではない。亡くなった夫の赤玉が淫乱にさせているという彼女の言葉に納得したけれど、それだけですべての疑問が解消するはずがなかった。

女将には夫がいる。赤沢健一《けんいち》、五十五歳。健康なのに、十年近くセックスレスだ。健一が今もセックスが可能なのかどうか妻の女将にはわからない。だからもし不能だったら、夫の赤玉が鏡池にいたとしても不思議ではないと思うのだ。

疑問はまだある。

女将は、実は八年ほど前、旅館に連泊した客と不倫した。相手は五十代後半の、建設会社の会長だった。きっかけは些細《ささい》なことだ。男に誘われ、女の軀が応じた。それだけのことである。性的な不満を解消したかっただけで、夫を裏切るという意識はなかった。

四十代になったばかりの女盛りには、セックスレスの生活は耐えられなかった。夫とのセックスは、旅館の女将業の忙しさによるストレスを発散する場でもあったからだ。喉《のど》が渇《かわ》いたら水を飲む。それと同じだった。

不倫相手の会長はもういない。五年ほど前、新聞に訃報《ふほう》が載っていた。だからこそ疑問に思う。早苗の夫の赤玉が今もまだ鏡池にいるとしたら、その男性の赤玉がいたとしてもいいではないか、と。不倫ではあったけれど、軀を許したひと晩は無我夢中で彼を愛した。その実感と手触《てざわ》りは今も忘れてはいない。

「女将さんはもう十分に淫乱ですよ。伊原さんのおちんちんを、おいしそうにくわえているんだもの。そう思うでしょう？　早苗さんだって」

女将の気持をなだめるようにマキの穏《おだ》やかな声が車内に響いた。早苗が高ぶった声で同意すると、三人の女性がいっせいに小さな笑い声をあげた。

その時だ。

鏡池から溢れ出ていた赤玉が、四人の乗る車を覆った。当然だが、驚いたのは赤玉が見える伊原だけだった。

フロントガラスがすべて真っ赤になった。フロントガラスにへばりついている赤玉は細かく震えている。車のエンジンの振動が伝わっているのではない。赤玉それ自体が震えている。ひとつの赤玉の震えが隣の赤玉の震えと連動している。

赤玉のエネルギーに車が覆われているのだ。その影響を、四人が受けないはずがない。

伊原は自分の陰部を見遣った。

陰茎には影響はない。萎えたままでだらりとしている。でも、気持のほうの高ぶりは強まっている。フロントガラス越しに伝わってくる波動のようなものを感じる。

マキがうつろな表情をしている。視線は陰茎に向けているようだけれど、焦点は定まっていない。赤玉のエネルギーのせいなのか、四人の男女が重なり合うという異様な情況のせいなのか。とにかく、呆《ほう》けている。

早苗と女将は少し違って、ギラギラとした目で陰茎を見ている。

「早苗さんは、ご主人が近くにいるような気がしますか？」

伊原は訊いた。亡くなった夫の赤玉が近くにいるとしたら、最愛の妻はそれを感じることができるかもしれない。

彼女は残念そうに首を横に振った。でも、視線は陰茎から一度も外していなかった。彼女は今、自分の軀の奥底から湧き上がっている欲望に頭が占められているのだ。

「主人の赤玉は、どこかに行っちゃったのかもしれないわね……」

「残念でしたね」

伊原が慰めの言葉を投げかけると、早苗はにっこりと微笑みながら返事をした。

「がっかりはしているけど、悲しみに埋もれてはいないから安心してください。今わたしは、玄武という自分の存在と、朱雀として生きている女将さんをすごく身近に感じられているから幸せな気分なんです」

「わたしも同じ気持だわ」

女将が驚いた顔で言った。早苗が親しみを込めた表情で近づいた。

「早苗さん、頑張《がんば》ってきたのよね。ご主人を亡くして淋《さび》しかったでしょう？　ひとりでよくやってきました」

女将は早苗にいたわりの言葉をかけた。女将は長袖の下着姿のまま、早苗の肩を抱いた。伊原はその光景を、仰向けのまま眺めていた。マキは呆けたまま、ふたりから少し離れた。

「伊原さんに感謝しないといけないわね。早苗さんを引き合わせてくれたんだから……」

早苗がくすくすっと照れ笑いを洩らした。彼女のそれは、車内の濃厚な空気にそぐわなかった。

「必然、なのよ。この出会いは」

女将はつづけて囁いた。早苗に向けた言葉だ。女将の腕に力がこもった。性的な熱気が満ちていた。伊原にはわかった。女将は早苗を欲しがっている。

「早苗さんはそう思わない？　それ以外では説明がつかないんじゃないかな。長年戸隠の町に住んでいて、ふたりは出会うことがなかったでしょう？　赤玉がふたりを引き合わせたんだと思うの。その必然に逆《さか》らってはいけないのよ」

「逆らうつもりはありませんよ。女将さんは何を言いたいの？」

「わたしが言いたいのは、こういうことをすべきだってこと……」

女将は早苗の顔にくちびるを寄せると、いっきにキスをした。

戸惑ったのは早苗だ。同性に、くちびるを奪われた。心の準備がなかった。

軽いキスで終わった。外国ならば、挨拶代わりのキス程度のものだろうが、早苗はそんなふうには受け取らなかった。

レズビアンの経験をした気になっていた。不思議なことに、全身が火照った。戸惑いはあったが、不快感はなかった。くちびるが離れた数秒後には、もう一度してみたいという邪《よこしま》な願望が芽生えていた。

「早苗さん、どうだった？　わたしたちの出会いに必然を感じた？」

「必然かどうかはわかりませんけど、偶然でないことはわかった気がします。キスされて不愉快にならなかったから……」

「もう一度、してみたい？」

「女将さんは、どうでしょうか」

「わたしは何度でも……」

「女将さんは、女の人が好きなんですか？」

「女性とキスしたのは、早苗さんが初めて。だからこそ、あなたとの出会いは必然だと思っているの。そうでなかったら、説明がつかないでしょう？」

女将の力のこもった説明に、早苗は深々とうなずいた。伊原も内心では同意しながらも、ふたりのキスについてもう少し客観的に考えていた。

今目の前で起きたことは、女同士のキスだけれど、それは表面的なことであって、本質は玄武と朱雀との交わりだということだ。

玄武は北の方角を守り、朱雀は南を守る神獣だ。北と南が交わるということは、どういう意味だろうか。

たとえば、北と東が交わった場合、北東の方角に重大な意味があると想像がつく。それが今は、北と南なのだ。

中心を示しているのではないか？　でも、中心とは何だ？　鏡池が中心ということか？　天岩戸が高千穂から飛来した戸隠という町そのものが中心ということか？

いくつもの答が伊原の脳裡に浮かんでは消える。そんなことにはかまわず、女将と早苗はまたキスをする。女将は自分で長袖の下着を脱ぎ、フルカップのブラジャーを取って、ショーツだけになる。

「もっとキスしたいの、ねえ、早苗さん、いい？」

「美鈴さんの好きにして……」

「ああっ、うれしい。わたしのこと、名前で呼んでくれたのね。ずっと、あなたとか女将さんだったでしょう？」

「だって、年上の女性の名前を呼ぶのって失礼だと思っていたから……」

「あなたとわたしの関係で、失礼なんてことはないの。これからは遠慮はしないで。約束ですからね」

早苗がうなずくのを見てから、女将は早苗の乳房に舌を這わせはじめた。男の愛撫とは違って、ゆっくりとしていて丁寧だ。快感を引き出すための愛撫なのに、慈しみの気持を伝えるためのように見える。

ふたりは全裸になった。いや、ふたりだけではない。車の中にいる四人全員が一糸もまとっていない。そしてその車を今も、無数の赤玉が覆っている。そのエネルギーを絶え間なく車内にいる四人は感じ取っている。

早苗が仰向けになった。伊原と並んだ。腰を下ろしているのは、早苗の乳房を貪っている女将と、呆けたままのマキだ。

「マキちゃん、大丈夫かい？　気をしっかり持つんだ。どうした？　今自分がどこにいるかわかるか？」

伊原は仰向けになりながら、マキに声を投げた。強烈な生のエネルギーにショックを受けているようだった。そうなるのは理解できた。男に尽くして勇気を与える役割をもった女が、赤玉という男の精の源に包まれているからだ。自分が何をしていいのかわからなくて混乱しているのだ。

「ごめんなさい。あまりの熱気に、わたし、当てられちゃったみたい」

「こういう時は、臆さずに自分から積極的に行動すべきだよ。自分の本分を忘れないようにしないとね。マキちゃんは女子島の女なんだよ」

「男の喜びのために生きる女と言いたいんですよね」

「そのとおり。隣でやっている濃厚な愛撫に負けないくらいにやって欲しいよ」

伊原は視線を隣の早苗と女将に遣った。今も女将が上になっているが、シックスナインの形に変わっていた。

ふたりの女の喘ぎ声があがる。最初はためらいがちだったが、今はもうはばかってはいない。間断《かんだん》なく、うわずった声が響く。割れ目を吸っているくちゃくちゃっという粘っこい音が混じる。

マキは興奮した眼差しで陰茎をくわえはじめた。

勢いよく吸う。くちびるで幹を圧迫する。だらりと垂《た》れているふぐりをてのひらで包み込んでやさしく揉む。艶めかしい上目《うわめ》遣いで見つめてくる。今までと違って、男の快感のことだけに集中している。

「わたしは女子島の女なんですね、伊原さん。戸隠に来ても、やっぱり、わたしはずっと女子島の女だったんですね」

「当然だよ。ほかに変わりようがないんじゃないか？」

「女将さんが朱雀で、早苗さんが玄武だとわかった時、足りない青龍は、わたしが務《つと》めるべきだと思ったんです。でも、違っていました。戸隠には戸隠の青龍がいるはずです。わたしではなかったんだと思います」

「そうかい？　結論を出すにはまだ早いんじゃないかな」

「見て、ほら。ふたりの重なりって、女同士とは思えない……」

マキがふいに指をさして言った。話の腰を折ったのではないことは、女将と早苗の交わりを見てわかった。

ふたりはまるで動物のようだった。互いを貪る激しさにも、唸るような激しい喘ぎ声にも、女体を鞭《むち》のようにしならせながら快感に浸っている姿にも、鬼気《きき》迫るものがあった。戸隠に生きる玄武と朱雀の交わりそのものだった。

フロントガラスに異変が起きた。びっしりと覆っていた赤玉が少しだけ離れた。意思を持って離れたとしか思えなかった。

車内に月光が射し込むようになった。赤玉は意思を持っている。ひとつひとつの赤玉に意思があるだけでなく、すべての赤玉を動かす何者かの意思も感じた。

離れていった赤玉と、残っている赤玉によって、フロントガラスに、意味のある形が描かれていたからだ。

アルファベットのYだろうか。訓読みで「ふたまた」、音読みで「あ」という漢字の丫のようでもある。その右下に十個の滴《しずく》のような形のものがあり、Yに似た形の左下には女子島を想わせる輪郭の形もあった。

「マキちゃん、見えるかい？」

陰茎をくわえているマキに声を投げたが、彼女には見えるわけがないと伊原は気づいた。赤玉そのものが見えないのだから、赤玉がつくりだした形が見えるはずがない。

「えっ、何が？」

「赤玉がフロントガラスに模様をつくったんだよ。フランスのラスコーに残っている古代人の洞窟壁画のようだ」

「模様って、どういうもの？」

「Yという形の文字は女性の股間を表しているのかもしれない。それと、十個の点。五個目が大きく描かれているから、そこに意味があるのかもしれない。なんだろう、わからない」

「それだけ？」

「もうひとつ。Yの左側にできているんだけど、女子島のようだ。島の輪郭になっているもの。島のことを勉強したから間違いないよ」

「不思議。赤玉って意思があるのね。ひとつひとつが連動しているの？」

「わからない、ぼくには。赤玉が連携してつくったのか、赤玉に指令を出している存在がつくらせたのか……」

マキがため息を洩らした。それをかき消すように、女将と早苗の獣のような喘ぎ声があがった。

伊原は好奇心をそそられていた。今ここに、戸隠にいるはずの白虎と青龍が加わったらどうなるのだろうか、と。

その出会いのヒントが、フロントガラスに示されたのだろうか。それとも、まったく別の、たとえば、赤玉を取り戻すためのヒントだろうか。伊原はもう一度、フロントガラスの模様を目に焼きつけた。

# 第四章　パワースポット

## Yの真実

戸隠から帰京して、四日が経った。

十二月二十四日。朝から曇っているけれど、暖かいクリスマスイブだ。

マキは東京に立ち寄ることなく、女子島に帰った。年末のこの時期は癒しを求める男の人が多いから、島に残って頑張っている女性たちのためにも、来島する男の人たちのためにも、早く帰ってあげたいということだった。

伊原は今、那奈とふたりで、マダム倫子が営む喫茶店「クク」にいる。午後十時三十分を過ぎたあたりだ。

夕食は青梅《おうめ》街道沿いにある彼女の自宅の近くのイタリアンレストランを予約した。八千円のコース料理に、食前酒としてシャンパンを頼んだ。奮発《ふんぱつ》したのはイブの気分を盛り上げるためだし、戸隠に那奈を誘わなかったことへの伊原なりの詫《わ》びのつもりでもあった。当然のことだけれど、那奈には、マキと一緒だったことも、戸隠での激しい一夜のことも伝えていない。

ククには相変わらず客はいない。クリスマスらしい飾り付けもない。マダム倫子は今夜もメイド姿でカウンターの中に入っている。

「ほんと、不思議なことが起きるものね。まさか本当に、戸隠に赤玉が現れるなんて……」

ほろ酔いの那奈が言った。伊原が満足気にうなずいていると、マダム倫子がふたりの会話に加わってきた。

「戸隠に行ったのは、導きがあったからでしょう？　伊原さん、そうじゃないの？」

「そうなんです、導かれたんです。今回もそうだし、高千穂に行けたのも、聖池で赤玉を見られたのも、導きがあったからなんですよね……」

「それはね、あなたがいろいろな人の話を謙虚に聞いていたから」

「マダムは事前にわかっていたんですか？」

「まさか、わかるはずがない。あなたの追い求めていることは、ゲームの類のものではないんだから」

「女性には赤玉は見えないんですけど、なぜ、マダムには見えたんですか」

伊原は訊いた。ずっと疑問だったことだ。マダムは赤玉が見えると言った。あの時の会話を、今もはっきりと記憶している。あらましはこうだ。

『あなたが店に入ってきた時、見えたのよ。赤い塊が頭の上に浮かんでいたのが……』

『赤い塊、でしたか』

『真ん丸。鮮やかな赤色ではなくて、ボルドー色に近い赤だったわね。その球体が、股間に移ったの。陰部と重なった瞬間、すごい強い輝きを放ったのね。でもそれはほんの数秒だったかしら。球体は股間から離れて頭のところに戻ったわ。その時には、玉のボルドー色は黒っぽく変色していたの』

『見えたんですね、赤玉が』

『ええ、はっきりと見えたわ』

この一連の会話は、伊原が切り出したものではない。マダムが言い出したことだった。だからこそ、マダムを信用できたのだ。

「わたしが見える見えないは、どうでもいいんじゃないの？　伊原さんが知りたいことは、もっと別にあるでしょう？　戸隠ですべてが解決したんだったら、疑問はないでしょうけど……」

「すべてお見通しだ、マダムは」

伊原は呆れたように言って、那奈に説明をはじめた。

満月の夜中に鏡池に行ったこと、池から溢れるくらいの赤玉を見たこと、車のフロントガラスにYの形の文字、そして十個の滴のような形の跡、Yの左下には女子島を想わせる輪郭があったことなどだ。

「次に行くべき道標《みちしるべ》だと思うけど、いったい何を知らせているのかわからない。那奈、何か気づかないかな」

「十個の滴はわからないけど、Yの形は、女子島にある『ワイ』か『ふたまた』っていう地名や建物を暗示しているんじゃないかな」

「それだ、那奈、すごいぞ」

伊原は思わず大声をあげた。期待しないで訊いたのがよかったかもしれない。とにかく、那奈は難解なパズルを解《と》くきっかけをつくってくれた。

女子島には黄色と名のつく場所がある。島の中心にある黄天神社だ。

東西南北の方角を守っているのが、青龍、白虎、朱雀、玄武の四神だが、中央を守っているのは、黄竜という神獣だ。黄天神社は、黄竜を祀っているのかもしれない。

伊原は少し悔やんだ。せっかく女子島に行ったのだから、黄天神社を観光すればよかった。安月給の図書館職員にとって、三重《みえ》県の離れ小島に行くのは大変だ。

那奈が驚いた顔で訊いた。

「何がすごいの?」

「すごいからすごいんだ。説明したいけど、その前に、四つの方角の神のことをおさらいしたほうがわかるんじゃないかな」

「いいわよ、おさらいしましょう」

「四神にはそれぞれ、色がついているんだ。知っているよね。東を守る青龍は青、西の白虎は白、南の朱雀は赤、北の玄武は黒。神獣はその四つだけではないんだ」

「どこの方角の神獣なの？」

「方角とはちょっと違う。中心を守っている神獣なんだ」

「へえ、中心にもいるなんて驚き。やっとわかったわ。その神獣が黄色なのね」

「黄色の竜と書いて黄竜。ぼくたちが行った伊勢神宮からそんなに遠くはないところに女子島という島があって、そこに、黄天神社という神社があるんだよ」

「それって、中心を守っている神獣を祀っているということ？」

那奈は興奮した声をあげた。

メイドの恰好のマダム倫子が微笑んだ。五十歳をゆうに過ぎている女性のコスプレ姿を見ていると不思議な感覚にさせられる。奇妙だと思っている自分の価値観がおかしいのではないかという気になるのだ。

「黄天神社に行かなかったのは、行くべき時ではなかったからではないかな。必然ではなかったということだから気にしなくていいと思うな。行くべき時は、いつか訪れるから、気にしなくていいんじゃない？」

マダム倫子は言った。伊原に、マダムの言葉が胸に響いた。それはつまり、道半ばだということを意味していた。戸隠に行って赤玉を見たからといって、それで解決にはならないということを暗示していた。

「ねえ、伊原さんもマダムも聞いてくれる？　わたし、三日前に、すごく面白いテレビ番組を観《み》たのよ」

那奈が唐突に、テレビ番組のことを切り出した。

「番組の中の特集だったんだけど、〝ゼロ磁場を探せ〟っていうタイトルだったの」

「それって、分杭峠《ぶんくいとうげ》のこと？　中央構造線の真上にあって磁場のないって場所だったよね。病気の人が健康になるっていう、超有名なパワースポットじゃないか」

伊原は言外《げんがい》に、なんだそんなことくらい知っているよ、という意味を込めて答えた。

中央構造線とは、九州から関東にかけて縦断している断層のことで、分杭峠とは長野県の伊那《いな》市と大鹿《おおしか》村にまたがる峠のことだ。

「伊原さんって何でも知っているのね。それじゃ、これはどう？　戸隠と伊勢と高千穂の共通点は？」

「共通点？　どういう意味だい？」

「〝ゼロ磁場を探せ〟っていう番組を観ていて、ハッとなったのよ。ちょうど、中央構造線のことを説明していた時なの。伊原さん、わかった?」

「わからない……。詳《くわ》しく説明して欲しいな、もったいぶらずに」

「あなたが辿った足跡を結んでみたの。伊勢、高千穂、戸隠の三つ。それがちょうど、中央構造線とほぼ重なっているの。これって、偶然ではないでしょう?」

伊原は全身に鳥肌が立つのを感じた。那奈が言ったとおり、偶然とは思えなかった。

マダム倫子はしかし、すべてお見通しといった余裕の表情をしていた。

「マダムは知っていたんですか?」

伊原がマダムに水を向けると、二度三度とうなずきながら答えた。

「わたしには難しいことはわからないけど、伊勢と高千穂がつながっているだろうってことはイメージしていたかな。つながっているからこそ、ふたつの場所はパワースポットになっているんじゃないかな」

「つまり、パワースポットというのは、単独で存在しているのではないってことでしょうか? たとえば、中央構造線のように断層とか、ほかに思いつくのは、たとえば、地下水脈といったものでつながっているってことですか?」

「日本はひとつなんだから、当然、つながっていますよ。でも、勘違いしないで欲しいのは、断層や水脈といったひとつの帯や線のようなものでつながっているんじゃないってこと。地面そのものがつながっているの。つまり、面でつながっているのよ」

マダムの言葉に那奈が反応した。何を思ったのか、グラスの水で指を濡らして、カウンターのテーブルに日本列島を描いた。本州の中央のあたりを分断する線を書き入れた。

「伊原さん、フォッサマグナって知っているわよね」

「そうか、縦の線は、フォッサマグナだったのか。東日本と西日本を分けている断層のことだよな」

「学生時代に習ったフォッサマグナって、それだって気がするんだけど、今は違うのよ。研究が進化していて、びっくりしちゃった」

「どういうこと?」

「フォッサマグナって、ラテン語だって知っていた? 大きな窪みという意味。想像してみて、伊原さん。フォッサマグナとは、マダムが言った、面だったの。窪んだ面。日本語で言うと、中央地溝帯。線ではなくて帯だったのよね」

「ぼくが知っているフォッサマグナは、窪んだ面の左端だったということか。ということは、右端もあるってこと?」

「それが柏崎千葉《かしわざきちば》構造線と呼ばれている断層なんですって」

「伊勢、高千穂、戸隠をつなげている中央構造線と、戸隠があるフォッサマグナの面が、交叉しているってことか。赤玉は、やっぱり、高千穂から戸隠に移動していたんだな」

伊原はふいに、高千穂の山々が涅槃像に似ていたことを思い出した。

涅槃像の陰部にあたるところに、赤玉が出現した聖池があった。そうしたイメージを、日本列島でもつくれると思ったのだ。

「裸のマハ」だ。スペインの宮廷画家フランシスコ・デ・ゴヤの作品だ。対《つい》になる作品が「着衣のマハ」である。

ベッドに女性が全裸で横たわっている構図だが、その姿と日本列島とを重ね合わせられるのだ。

足の甲のあたりが高千穂、陰部が伊勢だ。左右の足には当然ながら隙間があって、それが中央構造線だ。フォッサマグナは左右の乳房というところか。向かって左、つまり、上側の乳房が戸隠だ。向かって右の乳房がどこを意味しているかはわからない。へその説明もつけられないが、赤玉が男だとすれば、日本列島を女体とイメージするのは、あながち、突飛なことではない。

肉感的な「裸のマハ」を想像していたが、それは数秒で消え、那奈の肢体を思い浮かべるようになった。同じ恰好をさせてみよう。そう思った瞬間、勃起を連想させる熱が腹の奥で生まれた。といっても、実際に勃起にまでは至らなかったが……。

# 女体《にょたい》列島

マダム倫子の喫茶店を出たのは、午後十一時半を過ぎた頃だった。

ふたりでイブの夜を手をつないで歩く。さほど寒くないのでコートのボタンを留《と》めなかった。那奈の部屋まで二、三分だ。

「今夜の那奈は大活躍だったね。ありがとう、たくさんのヒントが得られた」

伊原はつないでいる手に力を入れた。那奈はすかさず握り返してきた。そんなやりとりが楽しい。戸隠で三人の女性と肌を重ねた時と比べたら刺激は少ないが、こんなやりとりが心を温かくするのだ。

マンションが見えてきた。今夜一緒にいることになっているのに、今ここで抱きしめたいという思いが膨らんだ。

欲望が強まる。軀の芯から火照る。女体が日本列島なら、男の軀も日本列島ではないのか？　ふたつの列島は重ならなければ、列島として存在できなくなるのでは？

自由な発想と欲望が重なった。

あたりに人気《ひとけ》がないことを確かめると、伊原は那奈を抱きしめた。那奈にためらう様子はなかった。それどころか、彼女は積極的にキスをねだってきた。

部屋に入った。何度となく訪ねてきているけれど、伊原は常に新鮮な気持で足を踏み入れている。青梅街道沿いに建つマンションの八階。イブの夜も、車は多い。テールランプの赤い光が帯のように連《つら》なっている。

「こっちへきて眺めてごらん、那奈」

伊原は窓際に那奈を呼んだ。彼女を自分の前に立たせると、背後から抱きしめながら囁いた。

「ここから見える車の赤い光の帯が中央構造線としよう。高千穂が新宿《しんじゅく》。伊勢にある島がこの部屋。戸隠は吉祥寺《きちじょうじ》かな……」

「そんなふうに青梅街道を眺めたことって初めて。この部屋が伊勢にある島だとしたら、わたしは何になるかしら」

「部屋の中心なんだから、黄天神社ということになるかな。しかし、この部屋の黄天神社は取り扱い注意だよね。奥が深くて一筋縄《ひとすじなわ》ではいかないからな。淫乱なのに清純で、大ざっぱなのに緻密《ちみつ》で、美しい心の持ち主なのに、どす黒いんだもの」

「ひどいなあ、伊原さん。わたしって、そんなにいびつな女かな」

「変だな、誉めたつもりなのに……」

「中心に対する誉め言葉ではないんじゃない？」

「那奈が島だとしたら、黄天神社がある場所は、ここだろうな」

伊原は言うと、那奈の陰部に手を押し当てた。オヤジギャグを言ってしまった気がして居心地が悪くなった。那奈は気にしていないようだった。

「さっき伊原さんが言った中央構造線のたとえ話、逆のほうがわかりやすいけど、どうかしら」

「逆というと?」

「高千穂が吉祥寺、伊勢はこの部屋、戸隠が新宿」

「どっちも同じだと思うけど、那奈にとっては違いがあるんだろうな」

「戸隠を新宿にしたほうが、フォッサマグナの帯がわかりやすいでしょう? 歌舞伎町《かぶきちょう》を中心にした新宿は、帯のように広いの。いかがわしい場所がたくさんあるから」

「そう考えてみると、十個の滴は、それぞれの街ということになるかな。新宿を基点として考えると、代々木《よよぎ》、千駄ケ谷《せんだがや》、信濃町《しなのまち》、四ツ谷《よや》、市ケ谷《いちがや》、飯田橋《いいだばし》、水道橋《すいどうばし》、お茶ノ水《ちゃみず》、東京となるわけか……」

「新宿を基点にすると、そうなるけど、フォッサマグナに置き換《か》えて考えると……」

「戸隠がまず最初に入るだろうな。それと、東京だとしたら明治神宮……。赤玉がつくったのは滴だったから、点々としていると思うんだ」

「伊豆《いず》七島はどうかしら。わたし、大学時代に神津島《こうづしま》に行ったの。あの島って、昔は神が集まる島、神集島と書いていたらしいの。それがいつしか神津島になったんですって」

「とりあえず、この部屋の中心がどうなっているのか、調べてみないといけない。早くしないとクリスマスイブが終わっちゃいそうだ」

伊原は神津島のことは聞き流した。壁の時計の針は午後十一時五十分を指している。大切な一日が過ぎてしまう前に、やるべきことをやろうと思った。

背後からスカートをめくり上げる。厚手のストッキングを下ろす。むっちりとしたお尻が浮き上がってくる。男の欲望をそそる曲線だ。

ストッキングは膝《ひざ》にとどめたままにする。中途半端だけれど、ストッキング好きの伊原にとってはそのほうがいい。でも、ストッキングへの思い入れがない那奈は、この恰好は苦手なようだった。

「ねえ、脱がして……」

「ダメ。男っていうのは、今みたいなどっちつかずの恰好にエロスを感じるんだ。那奈、正面を向いて」

「変な人」

那奈は素直に正面を向いた。

お尻側から見ていた時にはわからなかったけれど、ピンクのパンティの前面は面積が小さかった。陰毛がはみ出そうだ。レースの部分からは黒々と光っている陰毛が見える。

くちびるをパンティにつける。甘い香りと生々しい匂いを胸いっぱいに吸い込む。那奈の匂いだ。マキとも違うし、鏡池の守護者として生きている黒森早苗とも、赤沢旅館の女将の赤沢美鈴とも違う。

「那奈の匂い、すごくいい匂いだ」

「わたしも伊原さんのおちんちんの匂い、大好きよ。赤玉があなたの軀にあってもなくても、好き」

那奈はうわずった声で言った。彼女にとって、好き嫌いと赤玉の有無とは関係ないかもしれない。が、男の場合はどうだろう。好き嫌いの判断に赤玉の存在が関わっているとしたら……。

赤玉がないからこそ、どんな女性の匂いでも好きに感じるし、相性がいいと思うのかもしれない。

伊原はゾッとした。

赤玉は勃起のために存在しているだけではないのか？

伊原は恐ろしくなった。自分の追い求めている赤玉の存在が、自分の理解を越えていると実感した。

パンティを脱がした。膝にとどめていたストッキングも一緒に取り去った。

伊原は彼女の下腹部に頰をつけた。

女体のぬくもりは恐ろしさを薄めてくれるものだ。ゆっくりと深呼吸をして、彼女の匂いを胸の奥まで吸い込んだ。

「何度嗅《か》いでも、いい匂いだよなあ。那奈は自分の軀の匂いをいい匂いだって意識しているかい？」

「女は軀の匂いを自分でつくるものなの。伊原さん、知らなかったでしょう」

「香水とかオードトワレを選んでつけているってこと？」

「大雑把に言うとそうなるけど、伊原さんの言い方だと、たぶん、本当には理解していないかな。香水やオードトワレをつけるってことは、その日一日のためだけではなくて、匂いを軀に染み込ませるためでもあるの」

「物理的には、肌に香水は染み込まないいんじゃないかい？」

「そんなことない。自分のこの薔薇《ばら》に似た匂いは、シャワーを浴びた後でも微《かす》かに匂うんだから」

恐怖は薄らいだ。いや、少し遠のいたといったほうが正確だろう。漠然とした恐怖の輪郭や濃度や強度は変わっていない。

そんなふうに感じた時、漠然とした恐怖の正体がわかった。

赤玉を持っていない自分がはたして本当の自分なのかという不安、赤玉のない価値観は自分の真実の価値観なのかという揺らぎと焦燥感……。それらは、勃起しないことによる不安とは違っていた。

「ねえ、舐めてくれないの？　わたし、今すごく欲しくなっているの」

那奈の甘えた声に、伊原は自分だけの世界から引き戻された。

「女の大切なところにも、那奈は匂いを染み込ませているのかい？」

「それは当然。自分の匂いをつくりあげることが、男を選ぶことになるし、男に選ばれることにもなるわけだからよ。わたしの匂いが好きっていう男の人だけが、言い寄ってくると思わない？　わたしの匂いが生理的に合わなかったら、一度はセックスしたとしても、二度目はやりたいと思わないはずだもの」

「すごいね。那奈がそんなことまで考えていたとは……」

「わたしって、ボーッとしているセックス好きの女だと思った？」

「まさか。自分には過ぎた女だと思っていたよ」

「伊原さん、よく聞いてくれるかな。わたし、なぜあなたとつきあうようになったのかなあって、最近よく考えるの」

「楽しくつきあえればいいじゃないか。赤玉のことだけでも、ぼくにとっては難しい問題なんだよ。ほかの難問を抱える余裕はないな」

「あなたは赤玉を追うようになってから、必然という言葉を口にするようになったでしょう？　伊勢で出会った人に対しても、高千穂で経験したことにも、なるべくしてなった必然だと……」

「必然と考えるべきだと思わないか？　その前提に疑問を持つのはおかしいな。必然が戸隠に導いてくれたってことは、那奈も納得しているだろう？　いろいろな不思議なことを、那奈も目の当たりにしたよね」

伊原はムキになって言った。というのもなぜかふいに、戸隠にマキを連れていったことがバレたのかと思ったのだ。暖房はさほど利かしていない部屋なのに、十数秒で額に汗の粒が浮かんだ。

「わたしたちが、なぜ、つきあいはじめたのか、あなた、覚えている？」

「もちろん。忘れたことはないな」

彼女の陰部から顔を離してうなずいた。

二年前のことだ。衝撃的な出会いだった。

新宿の本屋で立ち読みしている時に、那奈が偶然、隣に立っていた。彼女も立ち読みしていた。伊原はその後、ひとりで安売りコーヒーショップに入った。隣のテーブル席で背中を向けていたのが那奈だった。そんな偶然が、一日に五度も重なった。新宿西口の家電量販店で冷蔵庫を下見していると、そこにも那奈がいた。声をかけてもいいだけの偶然があった。

「赤玉を追いかけている時だけ、あなたは必然を信じるの？　あなたの立場ではそう考えても不思議ではないけど、わたしの立場で考えると、赤玉を失うことになるあなたとつきあうことが、わたしにとっての必然だったとしたら……」

「そうか、そういう考え方があったか」

伊原は唸った。女というのはどんな時でも自分を中心として考えるんだ、と呆れた刹那、脳裡にビリビリと電流が走った。

那奈との出会いは、赤玉を失うために必要な必然だったのか？ それとも、赤玉を一緒に探し求めるために必要なパートナーと事前に決まっていたのか？

そう言えば、那奈について知っていることといったら、千葉県出身で女ふたり姉妹の姉ということと、女子大を卒業して都内の予備校の事務の仕事に就《つ》いたという程度だ。

「君の立場からすると、ぼくとの出会いは必然だったということになるんだね。言い換えると、赤玉を失うことになる男との出会いが必然だったと……。那奈、君はいったい何者だい？」

「何者でもないわよ。わたしが単に事務の仕事をしている女ではいけないの？」

「うん、いけない。出会うべくして出会ったんなら、そこに理由があるべきだろう？」

「そう言われても、わたしにはわからないから、問い詰めても無駄」

「おいおい、待ってくれ。ぼくが言い出したことじゃないぞ。ぼくたちの出会いは必然だったと、那奈自身が言ったんだぞ」

「そうだけど、わからないもの……。それよりも、ねえ、舐めて。満足させてくれないと、わたし、どこかに飛んでいっちゃうわよ」

「ははっ、脅《おど》しても無駄だよ、那奈。出会いが必然だったとしたら、別れることはないんだから」

伊原は笑みを洩らすと、彼女の陰部を覆うようにくちびるをつけた。

粘り気の強いうるみが肉襞から滲み出ている。ほのかに甘い匂いがする。少し生っぽいけれど、伊原にとっては心地いい匂いだ。うるみは唾液と混じると、甘さが濃さを増して広がっていくようだ。

埋もれていたクリトリスの先端が現れた。つくしが芽を出したかのようだ。ああっ、愛おしい。彼女が言った必然とは、愛し合うために出会う必要があったという意味ではないのか？　そんなことが浮かぶくらいに、那奈への愛情が溢れた。

しかし、赤玉が体内にないのに、なぜこんなにも、愛する気持が猛烈に膨れ上がっているのかと不思議な気がした。好きとか嫌いという気持の源になっている赤玉が体内にないのに。

クリトリスを舌先で突っつく。愛撫をつづけながら、伊原の脳裡には、マキの顔も浮かんでいた。不謹慎だと戒《いまし》めて当然なのに、それがごく自然のことに思えた。

伊原は思う。那奈とつながっているし、マキともつながっている、と。たぶんその理由は、マキが男の喜びのために存在する女子島に生まれ、島の運命を自分の運命として受け入れている女だからだ。彼女は女子島の東の方角を守る青龍であり、それを証明する入墨を背中に入れている。そんな彼女が自分を受け入れ、軀を開いてくれたのだ。これ以上の信頼はない。

「美味《おい》しい味だ。那奈、これはぼくの好みの味だよ」

伊原は濁った音を立ててうるみをすすった。

うるみは割れ目にぴたりと口をつけてすするよりも、空気を入れながらすすったほうが芳醇《ほうじゅん》な匂いが広がる。それはワインをより多くの空気に触れさせるためにデキャンターに移すことと似ている。

伊原は舌の動きに集中する。クリトリスの愛撫で、彼女を絶頂に導く。動きが単調にならないように気をつける。もちろん、乱暴な舌遣いはダメだ。クリトリスは女の軀の中でもっとも痛みに敏感なところだ。

足を広げさせた。左右の太ももが水平になった。柔軟な軀だ。肉襞が伸びて、皺と凹凸が少なくなった。そのために、突出しているクリトリスの存在がさらに大きくなった。

不思議なものだとつくづく思う。

勃起できなくなって激しく焦っていたのに、今はもうすっかり慣れた。

勃起を諦めたのではない。頭も股間も、赤玉を取り戻せない限りは勃起しないと理解したからだった。伊勢や高千穂に行ったことで、勃起しない原因を軀が納得したのだ。

割れ目に舌を差し入れた。

入り口の内側の襞を、舌先でえぐるように舐める。左側の襞と右側の襞を、同じ力で圧迫していく。突出しているクリトリスが付け根から波打つように動き、粘っこいうるみが低いほうに流れる。

「ぼくたちの相性は抜群だと思わないか？　那奈の大切なところの匂いも味も大好きだって胸を張って言えるんだから」

「わたしの匂いって、男を引き寄せるフェロモンがあるのかな。そんなのってイヤ。いつでも発情している淫乱な女みたい」

「ぼくは澄ましている女よりも、そういう女性のほうが好きだな。那奈はもうぼくの好みの女になっているじゃないか。ぼくが頼まなくたって、女王様の恰好をしてきたり、マゾの女そのものになったりしているだろう？」

「わたしの場合は、頭で理解して楽しんでいるだけ。淫乱な女って、理性ではないところで、男を求めるでしょう？　わたし、そんな女にはなりたくないの」

「どうして？　幸せだと思うけどな、そういう女性って。そこまで女の性を晒して没入できる男と出会っているんだからね」

「怖いわ、そんなの……。堕《お》ちたら、もう二度と、普通の女には戻れないだろうから……」

「それって、女がどう生きるかという覚悟の問題かな。それとも、どういう男とつきあうのかという問題かな」

「どういう生き方を選ぶかという問題よ。伊原さんはがっかりするでしょうけど、わたしは男に寄り掛かった生き方はしたくないの。男の人生の出来不出来《できふでき》で、女が幸せになったり不幸せになったりするのは理不尽《りふじん》だと思っているんだもの」

「ちょっと怖いな、那奈が」

「自立しようとしている女はイヤ？」

「そうではなくて、女のもっとも感じるところを舐められているのに、どうしてそこまで冷静に話せるのかってことだよ」

「意地悪な人。冷静でないことくらい、あなたの舌がいちばんわかっているのに」

那奈はうらめしそうな顔をすると、ふうっと甘いため息をついた。

割れ目から溢れたうるみが白いシーツをぐっしょりと濡らしていた。

伊原はそこを凝視《ぎょうし》した。

灰色の染みには意味のある形はなさそうだ。彼女との出会いが必然だとしたら、赤玉に関連した示唆がどこかに現れそうな気がしたからだ。

「本当の理由は違うんじゃないか？　なぜ堕ちるのが怖いんだい？　那奈は堕ちる覚悟ができている女だと思っていたけどな」

「ひとりで堕ちるのが怖いだけ。伊原さんが一緒に堕ちてくれるなら、わたしは安心して堕ちるわよ。普通でいる必要はないと言ってくれるなら……」

伊原は何も答えずに微笑んだ。彼女に覚悟を求めるからには、自分も覚悟しなくてはいけないということだ。

「ねえ、きて」

那奈の甘い囁きと手招きに、伊原はくちびるを割れ目から離した。勃起はしていないけれど、彼女に覆いかぶさった。

陰茎を割れ目の溝に押しつける。笠がぐにゃりと歪む。居心地の悪さとバツの悪さに耐えて、肉襞のやわらかみを味わう。陰茎で割れ目を感じるのは久しぶりだ。

「恥ずかしいけど、正直に言うと、勃たなくても気持がいいってことがわかったよ」

「よかった……。だからって、赤玉を追うことを諦めたりしないでしょうね?」

「ここまで追いつめたんだ。あと少しで手にできるってところまできているんだからね。今ここで諦めたら、投資した時間と金が無駄になるじゃないか」

伊原は腰を突き込んだ。

先端の笠が割れ目に少し入った。芯に硬さのない陰茎でもそれくらいは可能だ。が、残念ながら挿入とは言えない。強いて言えば、割れ目に蓋《ふた》をしたといったところか。それでも、割れ目の内側のぬくもりや襞の感触を味わうことができる。やっぱり気持いい。女の口ともくちびるともてのひらとも違う。独特の感触だし、独特の快感がある。

恥骨同士がぶつかる。これも久しぶりに味わう。この小さな痛みさえも愛おしい。逞しい男だった頃の矜持《きょうじ》が少し甦った。現実から目を背《そむ》けているのではない。現実を受け止めているからこそ味わえる楽しみであり愉悦だ。

乳房を揉む。乳首が勃起している。キメの細かい肌が火照って赤みが濃くなっている。なんて健《すこ》やかな女体なんだ。

乳首をこねるように揉む。芯から硬くなっている。指の腹に乳首の火照りが伝わってくる。ねっとりと甘い匂いが漂いはじめる。いい匂いだ。那奈の説明を信じるなら、この匂いは彼女が長年かけてつくりあげた彼女独自の匂いということになる。

「ああっ、もっと突いて。遠慮しないで、激しく突いて……」

「こんな中途半端な挿入なのに、那奈は感じてくれているのか？　まさか、演技しているんじゃないよな」

「わたしが演技を？　そんなこと、するわけないでしょう。気持いいから突いて欲しいの。それが本心」

「逆に欲求不満にならないか？　那奈の欲望をくすぶらせるだけで、火を点《つ》けられないわけだろう？　奥まで挿入することで、火を点け、燃え盛らせ、鎮火させられるんだと思うけどな」

「わたしは慎み深いから、ないものねだりはしないの。今はあるもので満足する。そういう女はイヤ？」

「信じるよ、那奈」

伊原は失っていた男の勇気が、全身に吹き込まれていく気がした。勃起はしないけれど、それでいいと本気で思った。だから、本気で腰を突き込めた。

挿入ではなかった。陰部同士の接触程度のものだった。でも、那奈は本気で喘ぎ声をあげ、のけ反り、痙攣し、火照って全身に玉の汗を浮かべた。

「いきそうだ、那奈。勃起していないのに、いきそうだ」

「いって、ああっ、いって。受け止めるわ、あなたを受け止めるわ」

「那奈もいけそうか？　一緒にいきたいんだ。ふたりで一緒に昇りたいんだ」

「いくわ、わたしも。ほんとに、ああっ、いきそう」

「いくぞ、那奈」

「わたしも……。ああっ、いくっ」

那奈は全身を硬直させながら痙攣をはじめた。本物の絶頂だ。虚《うつ》ろな眼差しで宙空を見つめた。どこにも焦点が合っていない。自分の内なる快感に集中している。

伊原も昇った。

久しぶりに味わう脈動だった。快感も強烈だった。萎えたまま、射精した。深い満足と落胆を同時に味わった。

「すごかった、伊原さん。ああっ、わたしの大切なところが、まだヒクヒクしている。あぁっ、羽が生えてどこかに飛んでいっちゃいそうなの」

「ぼくはここにいるから安心していいよ。どこかに行っちゃうとしたら、ぼくのほうじゃないかな。男として大切な赤玉がないんだから……」

「ほんとに羽が生えたみたいなの。あなたに狂わされた女の大切なところを、ねえ、調べてみて」

「ははっ、そうか、そうか」

伊原は笑って受け流そうとしたが、那奈の焦りは本物のようだった。久しぶりの絶頂に軀がついていけなかったのか、割れ目のひくつきを羽が生えたと感じたのか。

彼女は足を大きく開いた。

伊原は起き上がって視線を彼女の陰部に遣った。その刹那、驚愕して息を詰めた。

割れ目の肉襞が震えていた。それは肉襞としてではない。マキの背中にあった青龍を想わせる龍の姿に見えた。いや、違う。

高千穂の天岩戸から現れた無数の赤玉がつくる龍のようだった。

## 奇跡のクリスマス

十二月二十五日、午後八時。

クリスマスの夜だというのに、伊原はまだ図書館の別棟《べつむね》の保管庫にいる。ここは歴史的に価値のある古文書を保管している。

地下一階から地下三階。一階分の広さはテニスコートの二倍ほどある。一般の人の立ち入りを禁じている場所だが、そもそも、ここの存在を知っている人が少ない。

地下一階と二階の約半分の書架は、すでに埋まっている。寄贈された本が多いが、伊原の要望で購入した本も少なからずある。管理責任者が伊原なのだ。

教育委員会から天下《あまくだ》ってきた上司は、古文書にまったく興味がなかった。そのため、古文書購入の申請については、ほぼノーチェックで了承されている。

今、地下二階にいる。

ケータイが震えて鳴った。那奈だった。地下二階でも三階でも電波が入るようにアンテナを設置していた。ここに長時間入り浸る伊原がリクエストしたものだ。

「どうだい、おじいさんの具合は」

今朝の午前三時に那奈の祖父が危篤《きとく》になったという報《しら》せが入り、始発の電車を待って、千葉の実家に帰った。九十九里浜《くじゅうくりはま》に近い長生村《ちょうせいむら》という珍しい名の村だ。ながいきむらではない。ちょうせいむらと読む。

「ありがとう、心配してくれて……。まだ大丈夫だけれど、もうすぐかもしれないなあ」

「そうか。後悔しないように、しっかりとお別れしておくんだね。意識があろうとなかろうとね」

「夕方、おじいちゃんとふたりきりになった時、意識を戻したの。会話までしたのよ。奇跡だと思った。でね、おじいちゃんが言ったの。『那奈。じいちゃんに訊きたいことがあったら、今しかないから何でも訊け』って。だから、訊いたの」

「何を」

「赤玉のこと……」

那奈の声が地下二階の広い書庫に響いた。

伊原は書架から引っ張り出して見ていた古文書から目を離した。おじいさんの容体については敢えて避けて訊いた。

「で、那奈はどんなふうに訊いたんだい、赤玉のことを……」

「赤玉が軀から出ていった時のことを覚えているかって。そしたら、おじいちゃん、冗談を言ったの。『覚えてるも何も、今も軀にいるからな。那奈はもういい齢だからこう言えばわかるだろう？　じいちゃんは元気だ。現役なんだぞ』ですって。わたし、不謹慎だと思ったけど、つい、笑っちゃった」

「八十一歳。いくらなんでも、赤玉はないんじゃない？　無理でしょう？」

那奈は笑い声をあげた後、神妙な声で言った。

「おじいちゃんが変なことを口にしたの。それも秘密を打ち明けるように……」

「何？」

伊原は勢い込んで言った。

「おじいちゃんの妄想かもしれないから、話半分で聞いてくれる？『わしのおふくろ、つまり、那奈の曾祖母《そうそぼ》が亡くなった時、重要なことがうちのばあさんに引き継がれた。時が来れば、その重要なことを那奈が引き継ぐ。何かわかるか。それを宿命と言うんだ。もう二度と言わないから、よく覚えておくようにな』ですって」

伊原は感動して声を詰まらせた。全身がゾクゾクした。背中に鳥肌が立ち、ふぐりのふたつの塊がヒクヒクッと上下した。

昨夜の那奈の割れ目を思い出した。

肉襞が青龍を形づくっていた。今振り返ると可笑しいのだけれど、陰毛がうまい具合に、青龍の長い髭《ひげ》とウロコになっていた。

ふたりはつきあって二年になる。伊原は何度、那奈の割れ目を眺めたことか。なのに、気づかなかった。いや、気づくはずがない。昨夜初めて、青龍が現れたのだ。

おじいさんの危篤と青龍の出現は偶然ではない。伊原はそう感じた。赤玉にまつわることに偶然はない。

「八十一歳で男として現役だってことか。うらやましい限りだ。その秘訣《ひけつ》について、訊いてくれたかな」

「もちろん、訊きました」

「そしたら?」

「一瞬たりとも諦めない。一瞬たりとも自分を疑わずに信じつづけること。赤玉と会話すること。この三つなんだって」

「迫力のある言葉だな。毎日の食事だとかサプリメントなんかの類ではないんだ。秘訣は心構えか。男のぼくにはおじいさんの言った言葉の意味がわかるけど、那奈には理解不能じゃないか?」

「うん、だから、おじいさんの言葉をそのまま伝えているの。そうだ、こうも言っていたわ……。赤玉がすべてではない。赤玉の向こうを見ろって」

那奈は言うと、慌ただしさを滲ませる言葉をいくつか口にして電話を切った。

伊原は書架から持ち出してきた古文書に目を落とした。

『万葉女陰秘抄《まんようにょいんひしょう》』。平安《へいあん》末期に書かれたと言われている奇書である。

総ページ数二八四。当時としては大作だ。三章にわかれていて、そのすべてで割れ目について追究している。伊原の要望で購入した珍本の中の一冊だ。ちなみに、女陰とは割れ目のことである。

第一章では、割れ目の形と女の性格の関係について。第二章では、未通女《おぼこ》つまり処女、まぐわいを経験済みの女、経産婦のそれぞれの割れ目が時間の経過によってどのように変化していくのかを克明《こくめい》に記し、同時に、夫や恋人の出世との関連について言及している。

第三章では変質している女陰についてだ。

伊原が瞠目《どうもく》したのは第三章である。

四神の形を成した女陰が存在すると書かれている。そこにはふんだんに図があって、それらはまさしく、昨夜見た那奈の割れ目と同じものばかりなのだ。

第三章の一節を、現代語訳したうえで採録しておく。

「女陰とは生命を生みだす神秘の場所である。稀《まれ》に、神が宿る女陰が存する。女の肉体の一部としての女陰から、神の顕現《けんげん》としての女陰に変質したものだ。まことに珍品である。

女陰に現れている神が何を告げているのかは究《きわ》める必要がある。盲信すべきではない。

都は今、荒廃し、巷《ちまた》にはとても理不尽な噂《うわさ》や風評が流れている。その中に、女陰の神を埋没させるべきではない。

女陰に現れている神は、存在そのものが神であることもある。何かを告げているのではなくて、女陰の神が女を支配し、女の行動を操《あやつ》っている場合がある。女の行動が神の行動となる」

青龍の姿になった女陰の絵柄もあれば、白虎、朱雀、玄武となったものも描かれていた。それらとは別に、瞳ほどの大きさの玉を口にくわえた四神もいた。

四神が一堂に会している絵もあった。そこでは、四人の女が集まって下半身を剝き出しにしていた。集まった四神の中央に、如来《にょらい》のような存在が描かれていた。そして、四神のつながりが真の神を降臨《こうりん》させた、と但《ただ》し書きがあった。

伊原は思い切って、那奈に電話した。厳《きび》しい情況だということは承知のうえだ。『万葉女陰秘抄』がきっかけとなって訊きたいことが山ほど生まれていた。彼女の答えが、赤玉を取り戻すヒントになりそうな気がした。

ケータイはつながった。タイミングがよかった。彼女はちょうど、病院を抜け出したところだった。

「ごめん、大変な時に電話しちゃって」

「そういうことは気にしないでいいから……。どうしたの？　何かあったの？」

「おじいさんの容体は？」

「さっきも言ったように、今夜が峠《とうげ》だろうって……。でも、今夜を乗り越えても、すべてがいい方向に向かうってことはなさそうなの。もう八十一歳だから」

「おじいさんの奥さんは元気かな」

「おばあちゃんのこと？　あの人、すごく元気。二歳しか違わないのに、病院までひとりで歩いてきているの。今朝《けさ》からつきっきりなんですって」

「どういう人？」

「元は巫女《みこ》さん……」

「えっ？　どういうこと？」

「伊原さんに言っていなかったけど、わたしの実家って、東龍《とうりゅう》神社という神社なの。祖父が神主《かんぬし》で、祖母は巫女だったの」

伊原は驚いたが、同時に、なぜ以前に、那奈の実家のことを訊かなかったのかと後悔していた。

「おばあさんは、赤玉のことを知っているのかな。それと、青龍についても……」

「さあ、どうかしら。今まで一度もそんなことを話したことがないもの。病院に戻ったら、訊いてみるわね」

「ぼくたちの出会いって、那奈の言ったとおり必然だったみたいだ」

「いきなり、どうしてそんな結論が出てくるの？　祖父や祖母の話をしていたのに」

「必然だからこそ、おじいさんは『赤玉がすべてではない。赤玉の向こうを見ろ』なんて言ったんだよ」

「それはどうかしら……」

「電話だと埒《らち》が明かないから、これから、そっちに行っていいかな」

伊原は言った。

那奈に会わずにはいられなかった。それに、東龍神社も見てみたかった。


安全運転で二時間弱かかった。

千葉県長生郡長生村。九十九里浜まで車で十分ほどの場所だ。那奈が待ち合わせ場所に指定した東龍神社は、車載ナビに登録があった。おかげで一度も迷わなかった。車はもちろんレンタカーだ。都心で生活している身としては、レンタカーで用が足りている。

森の中にある神社だった。創建は古く、平安末期。後白河《ごしらかわ》天皇の時代だ。

フクロウが鳴いている。久しぶりに聞く鳴き声だ。明日は晴れるのだろうか。フクロウが鳴くと翌日は晴れる、という諺を思い出して、夜空を見上げた。

神社も自分も、森に覆われているようだった。

夜は森の存在を際出たせ、その神秘を引き出しもする。無意識のうちに、男の軀が森の神秘に反応していた。

鳥居の脇の駐車場で那奈を待った。五十台は止められそうな広さだ。車は一台だけ。明かりは半月と一台の自動販売機の照明だ。

那奈が夜の闇の中から現れた。

「伊原さん、ほんとに来たのね。すごい行動力の持ち主。びっくりよ」

那奈は疲れを滲ませながら微笑んだ。昨日とは別人のようだ。

「神社の娘とわかったけど、とりあえず、メリー・クリスマス」

「そうだったわね。あまりにもいろいろなことがあって、忘れてたわ。祝っているゆとりはないけど、わたしからも、メリー・クリスマス。伊原さん、びっくりしたんじゃない？　わたしが神社に生まれていたなんて、想像していなかったでしょう？」

「那奈はいったい何者なんだよ」

「さあ、何者でしょうか。そんなことを訊かれてもわかりません」

伊原はその言葉に反論したい気持をぐっと抑えた。訊いてもいないのに自分から「自分は普通の人」と言う人に限って、普通の人ではない。

「深い森に守られている神社に生まれて、赤玉のことを知っているおじいさんの孫が普通のはずがない。普通の子だと思ったら、こんな夜遅くに、レンタカーをわざわざ借りて高速道路を二時間かけてやってこないって」

「母がいつもこんなことを言っているわ。『あなたのことを特別だと敬《うやま》う人と一緒になりなさい』って……」

伊原は腕の力を込めて那奈を抱きしめた。それがきっかけとなって、少し冷静になれた。衝動的にやってきたのではないということを思い出した。

那奈の割れ目になぜ、青龍が出現したのかということを突き止めるためだ。おじいさんが危篤という時に現れたことに意味があると睨んだ。青龍という神が祖父母の代から孫の代の那奈へ委譲される前触《まえぶ》れ、と。

でもそんなことは当の本人は気づいていない。そもそも、割れ目の肉襞が龍となっていたこともわかっていないのだ。

だからこそ、確かめたかった。那奈の割れ目が、今どうなっているのかを。

那奈をレンタカーに連れ込んだ。後部座席に坐らせた。彼女を抱くことを予想して、車内空間が広いワンボックスカーを選んで借りていた。

「伊原さんとこうしてレンタカーに乗ると、車種は違うけど、熊本空港から高千穂に行ったことを思い出すわね」

「大雨が降ってきて洪水になったり、猿が現れたりして、スリリングだったね」

「あなたは赤玉を見たからある程度満足したでしょうけど、わたしは不満だったな。まったく見えないんだもの。赤玉が龍の形になっていたんでしょう？」

那奈が言い終わるのを待って、くちびるを重ねた。濃厚なキスをつづけた。伊原はチラッと、おじいさんが大変な時に悪いなと思ったが、止《や》めたりはしなかった。すべてが必然によって動いているのだという思いが強まった。

ショートコートのボタンを外す。膝までの丈のスカートをゆっくりめくり上げる。黒色のタイツは厚手なために、太ももの感触はあまり伝わってこない。

那奈も積極的だ。自分から胸を突き出し、乳房への愛撫をねだる。掠れた吐息も洩らしながら、揃えている膝をじわじわと開いていく。

「神社の娘が、こんなにもセックスに大胆でいいのかい？」

「あなたがそうさせたんでしょう？　わたしひとりではできないことだもの……。たぶん、性の相性がよかったからだわ」

「那奈は本当に相性だけのことだと思っているのかい？」

「もちろん、ふたりの性格が合ったからだってことはわかっているわ」

「そうじゃないって……。ぼくたちは出会うべき運命だったんだよ」

伊原は話しながらも、手は動かしつづけている。タイツの上から割れ目を撫でたり押したりする。肉襞がつくる縦の溝が深くなるのを感じる。

那奈との出会いのことを、今ほど考えたことはない。これまでは、偶然の出会いだと思っていたけれど、何かの意図によって仕組まれていたものに思えてならない。

「ああっ、そんな触ったら、我慢できなくなっちゃうでしょう？　ねえ、止めて。わたし、病院に戻らないといけないの」

「もうちょっと……。那奈の大切なところに触りたいんだ。ぼくのものだって実感したいんだ」

「そんなこと言われたら、迷っちゃう。ううっ、どうしよう」

彼女は腰を浮かした。その動きに迷いは感じられなかった。

伊原は勢いづいて、タイツを脱がした。スカートを足の付け根までめくり上げると、パンティをずらした。

倒れた陰毛の茂みが割れ目を隠している。青龍がそこに現れているのかどうか。車内が暗いこともあって見定《みさだ》められない。

指を這わせる。割れ目を守っている厚い肉襞はめくれている。うるみが熱い。彼女の腰や太ももが小刻みに震える。小さな低い呻き声が車内に響く。甘くせつない声。男の欲望が刺激を受ける。

那奈が手を伸ばして陰茎をまさぐる。伊原はそれを制して囁く。

「いいんだよ、気を遣《つか》わなくて。那奈に気持よくさせてもらいたくて、車を飛ばしてきたわけじゃないんだから」

「したくなっちゃったの。うちの神社にいる時にこんなふうに感じたことって、わたし、物心ついてから初めて……」

「小さい頃からずっと厳しく育てられてきただろうから、それって当然だろうなあ。ぼくなんかよりももっと、神に対する畏怖《いふ》は強烈だろうからね」

「その反動かな。エッチに貪欲《どんよく》で冒険心のある女になったのは」

「自分でわかっているじゃないか……」

那奈は微笑みながら、ズボンのファスナーを器用に下ろし、時間をかけずにパンツから陰茎を引き出した。

陰茎をしごきはじめる。強弱をつける。てのひらがしっとりしている。滲んだ汗をローションのように感じる。ここに来るまでの道すがらは、男の快感など期待していなかったのに、今はもっと強い快感が欲しいと軀が求めている。

「ぼくたちは偶然出会ったはずだよね？　あの後、那奈がぼくの勤めている図書館に来たのも、偶然かい？　勤務先を教えなかったし、住んでいる区が違うんだから、うちの図書館に来るのはおかしいと思うんだ」

「別におかしくなんかないわ。友だちがあなたの図書館の近くに住んでいたの。今はもう引っ越していないけど」

「引き合わせてくれるかな？」

「あの子、つきあっている人が海外に転勤するってことで、さっさと結婚して、一緒に海外に行っちゃったわ」

「そっか、そうだったのか」

伊原はすんなりと引き下がった。あまりに都合のいい話だと思ったが、反論するのを我慢した。陰茎を引っ張り下ろされていた。鋭い痛みが鋭い快感になっていた。

でも、勃起はしない。萎えたままの陰茎は変形して、緊張していた。

伊原は陰毛の茂みをかき分ける。クリトリスを撫でる。割れ目は剝き出しにできたが、暗い車内では見極められない。車内の熱気が満ちる。窓ガラスが曇って視界がなくなる。

この情況は戸隠と同じだ。

明かりをつけた。

ギクリとした。

肉襞は青龍になっていた。

数本の陰毛が龍の髭の位置にあった。目を見開き、牙を剝いていた。

舌の上には、赤い玉が載っていた。ヒクヒクしていた。彼女の下腹部が動くたびに、赤い玉は口から出そうになったり、呑み込まれたようにも見えた。

赤玉をくわえた青龍がそこにいた。

## 赤玉の威力

伊原は凝視した。

青龍が動きはじめた。那奈の割れ目が動いたとは思えなかった。赤玉をくわえた青龍が、ここに来なさい、と誘っているように見えた。

シートを倒した。これで少しはゆったりできる。那奈は軀をずらして目を閉じた。

「わたしを食べなさい」

低い声が聞こえて、伊原はハッとした。

那奈の声とは別の女性の声だった。幻聴？

「那奈、今何か言ったかい？」

「ううん、何も……。伊原さん、お願いだから怖いことを言わないで。ここは自分が生まれ育った場所だけど、そういうことを言われると気味が悪くなるじゃない」

那奈を見た。目を閉じている。口も開いていない。

なのに、同じ言葉が聞こえてきた。

「わたしを食べなさい」

確かに聞こえた。でも、言ったのは那奈ではない。赤玉をくわえた青龍の形をした割れ目の肉襞が言っているとしか思えなかった。

伊原は青龍に顔を近づけた。

割れ目だという意識と青龍だという意識が半々だ。武者震《ぶる》いが止まらない。鳥肌がさざ波のように立ち上がっていく。

「わたしを食べなさい」

同じ言葉がまた聞こえた。ゾクリとした。伊原は確かに見た。青龍がくわえている赤玉が小刻みに震えていた。

割れ目を口全体で覆った。青龍の顔を口に入れた。もちろん、赤玉も口にふくんだ。

見た目は青龍と赤玉だったが、口の中では割れ目であり肉襞であった。

伊原は青龍がくわえている赤玉を食べた。食べたつもりになった。

赤玉を呑み込んだ。嚥下《えんげ》の感覚はなかった。が、それでも本当に呑み込んだつもりになった。

滑稽《こっけい》なことをしているつもりはない。伊原は真剣だ。

軀に変化はない。陰茎はパンツの中でだらりと横たわっている。

クリトリスは勃起している。敏感なそれを、伊原は舌を尖らせて突っついたり舐めたりを繰り返す。クリトリスは青龍のどこにあたるのだろうという可笑しな疑問が浮かんだら、確かめずにはいられなくなって舌を離した。

伊原はまた、ゾクリとした。

青龍は消えていた。くわえていた赤玉もなくなっていた。

そこにあるのは、那奈の割れ目であり、肉襞から突出したクリトリスであった。

「那奈、何か変わった感じを受けなかったかな。今さっきまで、那奈の大切なところに龍がいたんだ」

「えっ？　龍がいたって、どういうこと？」

「青龍が赤玉をくわえていたんだ」

「ははっ、冗談でしょ？　それとも、わたしを怖がらせようとしているの？」

「どっちでもないよ。そんなことは、那奈がいちばんわかっているのだろう？　赤玉のことで、ぼくが冗談を言うはずがない」

「そんなことより、ねえ、さっきのつづきをして……。あなたの舌にうっとりしていたんだから」

「うん、わかった……」

伊原は短く言ったが、気もそぞろになっていた。今までにない感覚が下腹部に広がっていた。

陰茎が熱くなっていた。そういうことはこれまでにもあったが、陰茎の芯に力がこもっているところが違った。

勃起するぞ、勃起するぞ。念じながら期待した。

「あっ、あっ……」

伊原は叫んだ。感動していた。声をあげずにはいられなかった。

勃起しはじめた。

陰茎がパンツの中で勢いよく跳ねた。皮が張り詰め、先端の笠が激しく膨脹した。

痛かった。勃起したために、陰茎の先がパンツの木綿に擦られている。それは快感のはずなのに痛い。痛がゆいのではなくて痛かった。勃起不全があまりに長かったために、快感という刺激を快感として感じられないのだ。

「那奈、治った。ほら、見てごらん。勃っているよ」

「ほんと、すごい。よかった、ああっ、うれしい……。だけど、どうしていきなり治ったの？　わたし、何もしなかったのに」

「十分やってくれた。那奈の青龍がくわえている赤玉を呑み込んだおかげで、勃起できるようになったんだから」

「わたしの青龍って？」

「ぼくたちの出会いは偶然ではない。那奈は青龍だから、ぼくと出会ったんだ」

「伊原さんが興奮する気持はわかるけど、出会いは偶然だし、勃起不全が治ったのも、わたしが青龍かどうかなんて関係なく、伊原さんの自然治癒《ちゆ》力のおかげです」

「猛烈に那奈が欲しくなった……」

「ああ、うれしい。伊原さん、さあ、きて」

「勃起していない時の性欲と、勃起している時の性欲では、まるきり違うってことに初めて気づいた。勃起している時のほうがはるかに強い衝動だよ」

伊原は急いで洋服を脱いだ。素早く全裸になった。今は勃起しているけれど、いつ何かのきっかけで、この勃起が萎えてしまうかもしれない。

「ああっ、素敵。伊原さんのおちんちんって、こんなに逞しかったかしら」

那奈が熱を帯びた声をあげた。陰茎をてのひらで包み込むと、勃起を味わうかのようにゆっくりとしごいた。

先端の細い溝を、那奈の指の腹が滑った。伊原は思わず、「うっ」と小さな呻き声を洩らした。小さいけれど、鋭い快感だった。快感は痛みではなくなった。萎えている時に同じ愛撫を何度もされたが、これほどの快感はなかった。

勃起がいかに、快感と密接につながっているのかを思い知らされる。だからこそ、奇跡のようなこの勃起がうれしいし愛おしい。

那奈は起き上がると、今度は顔を陰茎に寄せてきた。

くちびるがすっと先端を掠めた。

腹の底が震えた。ふぐりがヒクヒクッと上下した。ゾクゾクした。快感とともに、那奈の舌の温かみと唾液の粘り気のやさしさにうっとりした。これも、萎えている時にはわからなかった感覚だ。

那奈が顔を上げて、恨めしげな表情を浮かべた。そして、ため息とともに、

「ああっ、どうしよう……」

と、せつなげな声を車内に響かせた。

彼女の戸惑いは理解できる。勃起力を失った恋人をずっと支《ささ》えてきて、ようやく報《むく》われたのだ。これまで彼女は萎えた陰茎を前にして、勃起したらこれもしよう、あれもしよう、と考えていただろう。それがいざ現実となってみると、何をしていいのかわからないのだ。

「那奈は何をしたいんだい？　遠慮しないで言ってごらん。この硬いもので、エッチな望みを叶えてあげるよ」

「あん、いやらしい……。伊原さんのそういう言い方、久しぶりに聞いた気がします」

「いつまた勃起不全になるかわからないから、早く言ったほうがいいと思うけどな。もしかしたら、この勃起は、ぼくたちの努力に対する、天からのクリスマスのプレゼントかもしれないからな」

伊原はカーナビの端に目を遣った。

日付はまだ変わっていない。

午後十一時四十分。

あと二十分ある。そう思ったら、何の根拠もなく、あと二十分は勃起がつづくに違いないと思えた。

「だったら、わたしからもプレゼントをあげようかな……」

那奈が妖しげな囁き声で言った。もう一度顔を股間に寄せると、勃起している陰茎を垂直に立てた。深呼吸をひとつした後、いっきに、口の奥深くまでくわえた。

「ああっ、すごくいいプレゼントだ」

硬い陰茎への久しぶりのフェラチオだった。

くちびるを締めつけてくる。芯から硬くなっている陰茎は、彼女の圧力を勢いよく跳ね返す。先端の笠の外周が何度もうねる。

萎えている時と違って、陰茎のすみずみまで快感が行き渡っている。すぐにも昇ってしまいそうだ。腹筋に力を入れて堪《こら》えるけれど、それも長くはつづかない予感がする。

今はまだ昇りたくなかった。

伊原は不安だった。

白い粘液を吐き出したら萎える。当然だ。そうなったら、二度と勃起しなくなりそうな気がした。根拠はない。でも、その不安を信じた。

伊勢を訪ねたことも、そこで出会った地元の男性に女子島に連れていかれたことも、高千穂に出向いたことも、どれもこれも確信などなかった。が、行ってみるとそれらはすべて、必然によって結びついていたとわかった。

伊原はいつしか悟っていた。根拠や確信がないからといって、信頼できないことではない、と……。

唾液が幹を伝っている。縮こまったふぐりがつくる深い溝に流れ込む。下腹部全体が熱くなっているのに、唾液の生温かさを確かに感じる。那奈の愛情が肌に染み込んでいるようだ。なんという新鮮な感覚だ。

ふぐりの付け根に舌が這う。お尻に近い部分。女性に置き換えると、そこは蟻の戸渡りと呼ばれている微妙なところだ。

伊原は思い出した。鏡池の水面に映った戸隠の蟻の戸渡りを。鏡池は神秘の場所だった。だからこそ、女性たちと車の中で淫らなことをしたのだと思う。神秘が性欲を引き出したのだ。

戸隠から東龍神社にやってきたのには、必ず、理由があると思う。これまでのすべてが必然だったことを考えれば、この場所にやってきたのも必然なのだ。那奈がいるからということが理由ではない。

「伊原さん、こんな時に言うのはおかしいと思うけど、聞いてくれる？」

「何、あらたまって」

「わたしなりに、なぜ、あなたが戸隠に行ったのか考えたの。それで得た結論は、わたしが生まれ育ったこの場所に関係があったからだ、と……」

「どういうこと？」

「つまり、この場所にやってくるために、戸隠に行ったんじゃないかと思えたんです。必然だったんですよ」

「もちろん、必然だった。伊勢、高千穂、そして戸隠。その三つの地点を結ぶと、日本の中央構造線と重なるんだ」

「以前、新宿を基点にして、そういうたとえ話をしてくれたわね」

「あの時の話がヒントになったんだ。つまり、赤玉の流れが中央構造線に沿っていると言い換えることができると思うんだ」

「千葉には何かある？　特に、東龍神社のあたりには……」

「あるんだな、それが。フォッサマグナのことは覚えているかい？」

「以前、出た話ね」

「ぼくが子どもの頃に習ったフォッサマグナというのは、糸魚川《いといがわ》と静岡《しずおか》を結んだ糸魚川静岡構造線なんだよ。そこが盲点だった」

「わたしが習ったのも、同じ。あのラインで、日本が分断されるって……」

「そうではなかったんだ」

「どういう意味？」

「今は違う考え方だと知ったんだ。フォッサマグナとは、日本語にすると、中央地溝帯という言い方になるんだ」

「あっ……。線ではなくて帯」

「そのとおり。フォッサマグナとは、線ではなくて帯だったんだ。無知とは怖いもんだよ。糸魚川と静岡を結んだ線が、西端の線。では、東端の線はというと、柏崎千葉構造線ということになるんだ」

「千葉が登場したわね。わたし、ゾクゾクしてきちゃった」

「そうだろう？　柏崎と千葉を結んだ線上に何があると思う？」

「まさか、この東龍神社？」

「そうなんだ。これを偶然では片づけられない。だから、ぼくたちは出会うべくして出会ったと考えたほうが自然なんだ」

「突飛《とっぴ》すぎる、伊原さん。それじゃ、こういうこと？　科学的にも医学的にも証明されていない赤玉という未知のものを将来失うとわかっていて、わたしはあなたとつきあうようになったの？」

「那奈も導かれていたんだ。君の家は代々、東を守る青龍だった」

「ちょっと待って……。わたし、以前から疑問だったんだけど、東を守るとか西を守るっていうけど、何から守るというの？」

「邪悪なものの侵入を防ぐために、東西南北の神たちは、結界《けっかい》をつくっているんだろうな。それだけじゃない。赤玉の流れを守っているのではないかな」

「それって、わたしの大切なところに青龍がいて、赤玉をくわえていたからね」

「正解。その赤玉を呑み込んだから、ぼくの勃起不全は治ったんだ」

伊原は意識的に実際に赤玉を食べたという言い方をした。幻想ではなかったと自分に対して納得させたかったのだ。

「その赤玉って、伊原さんのものだったの？　そうだとしたら、わたしが持っていたということ？」

那奈が鋭い問いかけをしてきた。彼女の立場では、そんな疑問が浮かんでも不思議ではない。各地を巡ったけれど、結局、いちばん身近な女性が赤玉を持っていたということだったら笑い話だ。

「持っていたんじゃない。それだけは確かだ。それに、ぼくのものだったのかどうかもわからない。今はもうないんだから、幻想だったとも言えるしね」

「その時、わたしが見ようとしても、女だから見えなかったわよね」

「残念ながら、見えなかったと思うよ」

「伊原さんが食べたのは自分の赤玉だったと言って欲しいな。そうでなかったら、いつまた、離れるかもしれないでしょう？」

「そういうことになるかな。だから、あんまり厳しく追及して欲しくないんだ」

那奈は素直にうなずいた。今のこの勃起がいかに危ういかがわかったのだ。

真実を追及して勃起不全に逆戻りするくらいなら、真実を曖昧にしておいて勃起力を失わないほうがずっといい。

「ねえ、きて」

那奈がねっとりとした眼差しで誘ってきた。掠れ気味の甘い囁きに、勃起している陰茎がさらに大きく跳ねた。まるで二十代前半のような勢いのよさだ。

彼女に覆いかぶさった。

あまりに久しぶりの挿入のために、割れ目がどこかわからずに戸惑う。伊原は照れ笑いを浮かべながら、腰を操って探る。

陰茎の先端を割れ目にあてがった。ここまでくればあとは、腰を突き込むだけだ。

「入るよ、那奈」

「きて、奥まで。思い切り貫いて。あなたの太くて硬いものをぶち込んで」

「たっぷりと味わうんだ、那奈」

伊原は腰を突いた。

すんなりと入っていく。肉襞はうるみにまみれている。那奈の背中がのけ反る。小さな呻き声が薄いくちびるから洩れる。

「ああっ、待っていてよかった。あなたのおちんちん、ああっ、素敵……」

「萎えていても不満はないって言っていたけど、萎えたしょぼいものより、やっぱり、硬くて太いもののほうがいいってことだな」

「わたし、嘘は言っていません。萎えている時のおちんちんも素敵だった……。とにかく、伊原さんのおちんちんならいいの」

「青龍が、なぜ、ぼくにこだわるのかな。もっといい男はいっぱいいるだろうに……。ぼくなんか、どこにでもいる平凡な男なのに」

「赤玉を見ることができる男が、なぜ、平凡なの？　特別な存在だからこそ、赤玉を見られるんでしょう？」

伊原は唸った。言われてみれば、自分のやっていることは、どれもこれもかなり特異だ。男なら誰でもやれると思っていた。ただ、やらないだけで。

赤玉を見られるのは特異な能力を持っている男だけなのか？

これまで、自分のことをセックスと活字が好きなだけの平凡な男だと思っていたけれど、まったく違う一面を持っている可能性があるということだ。それはたとえば、那奈が青龍だったように、だ。

「那奈、ぼくは何者に見える？」

「何者って」

「青龍の君の目に映っているのは、図書館に勤めている平凡な男かい？」

「わたしの目には、何かを成し遂《と》げる非凡な男が見えています」

「うれしいことを言ってくれるな」

「あっ、いい……」

那奈はうわずった声を放ち、しがみつくように抱きついてきた。

荒い呼吸と肌の熱気が絶頂に近いことを教えていた。腰が上下し、それに連動して、割れ目の中のうねりも上下した。

伊原も絶頂の兆しを感じ取った。いきそうだ。

本物の快感に飢えていた。一緒に昇ることで、那奈との一体感も味わいたかった。

「いくぞ、那奈」

「わたしもいきそうなの。ああっ、いきそうよ、あなた。一緒にいって、ねっ、お願い。久しぶりだから、一緒にいきたいの」

「龍となって昇ったら、すごいだろうな」

「今はそんなことは言わないで。いくことに集中して。さあ、きて。あなたの精をぶち込んでちょうだい」

「よし、いくぞ」

那奈の声が野太い声に変わった。伊原も呼応して低い声で言った。けものの交わりのようだ。

絶頂はふたり同時に迎えた。ふたりとも吠えるような声をあげつづけた。快感の鋭さは強烈だった。穏やかな快感というよりも、動物的な激しさに富んだ快感だった。

伊原は腰を離した。

陰茎は萎えていなかった。鋼鉄のように硬い陰茎だった。振り返ってカーナビの時計に目を遣った。

午前零時を回っていた。クリスマスを過ぎても勃起していることがうれしかった。

猿は見ない

午前零時三十分。

東龍神社の敷地内の駐車場は静まり返っている。空には星と月。伊原と那奈以外、深い森に包まれている境内《けいだい》に人影はない。車も一台だけだ。

那奈が車を降り、伊原もつづいた。マフラーは必要なかった。太平洋に近い場所だけあって、この時間でもあまり寒くない。

「これから病院に戻るのかい？　それとも家に帰る？　東京に戻りがてら送っていくよ」

自信に満ちた声が夜の空に響いた。伊原は久しぶりに那奈に対して胸を張っている気がした。男の精神にとって、勃起がとてつもなく重要だとつくづく思う。

ズボンのポケットに手を入れ、那奈に気づかれないように陰茎をまさぐった。

硬い。男の精を使い果たしたというのに、今も勃起はつづいていた。伊原はそれでも安心していなかった。何かのタイミングで逆戻りしてしまうのではないかという不安がつきまとって離れなかった。

「わたし、別のところに行かないといけないんだけど、伊原さんも来る?」

「おいおい、こんな夜中に危篤のおじいさんを放って、どこに行こうっていうんだよ」

「伊原さん、きっと驚くわ。ねえ、来るの? 来ないの? 神社の敷地内にあるからすぐ近くなんだけど」

那奈の強引な誘いに、伊原はわけもわからずに従った。

玉砂利を鳴らしながら境内を歩いた。

足を進めるたびに静寂が失せ、そのたびに、森にざわめきが広がった。それは風で木々が揺れているからではなくて、森に棲《す》むけものたちの息遣いのように聞こえた。

けものに縁があるのかなと伊原はふっと思い、宮崎県の高千穂で出会った猿のことが脳裡をよぎった。二頭の猿は、赤玉を追い求めている自分たちの行くべき道を暗示して去っていった。

神様を祀っている本殿が見えてきた。小さいながらも立派だ。神々《こうごう》しいオーラを放ちながら、月明かりに浮かび上がっている。

那奈は社務所の裏手に回った。鍵のかかっているドアを開けた。社務所に入るのかと思ったが、そのドアの先は、地下につづく階段になっていた。

「社務所に地下室があるなんて。すごいな、那奈のところの神社は」

「秘密の集会所にするために、わたしの祖父が造らせたらしいの。伊原さんは知っている？　庚申待《こうしんまち》って……」

「ちょっと知っているだけで、見たことはないな」

庚申待とは、六十日に一度、地域の人たちが集まって夜を徹するという土俗的な行事だ。現代にそれが残っていたとは驚きだった。

なぜそんなことをするのかというと、きちんとした理由がある。

人間には生まれた時から、体内に三匹の虫がいるという。それが六十日に一度出てきて、その間の悪い行状を天に伝えるのだそうだ。天とは神様だという説もあれば、閻魔《えんま》大王だという説もあるが、とにかく、悪い行いをした人は、神や閻魔大王の力によって、病気になったり寿命を縮められたりするというのだ。

ちなみに、三匹の虫は三尸《さんし》と呼ばれ、上尸、中尸、下尸に分かれる。上尸は人の姿をしている。中尸はけものの姿。下尸はもっとも恐ろしくて、豚の頭に人の足がくっついているという姿だ。

体内にいるというだけでも気味が悪いのに、それらがぞろぞろと出てきて、神様に告げ口をするというのだ。昔の人々にとって空恐ろしいことだったと容易に想像がつく。

先人はそこで考えた。三匹の虫を軀から出さなければいい、と。それが庚申待だ。こうして、六十日ごとの夜、朝まで起きているという風習ができあがった。

伊原は階段を下りた。

そこには半畳ほどの狭い踊り場があって、その先にまたドアがあった。伊原はそこで驚きの声を小さくあげた。

ドアに三つの猿を描いたレリーフがあったのだ。日光東照宮《にっこうとうしょうぐう》の神厩舎《しんきゅうしゃ》に彫られている三猿《さんざる》の見猿、聞か猿、言わ猿と似ていた。

「ここにも猿がいたのか。どこに行っても、猿がぼくたちを導いてくれるみたいだな」

伊原が感嘆の声をあげると、那奈は落ち着いた声で答えた。

「そう言えば、高千穂でも、わたしたちは猿に導かれたわね。わたし、気づかなかった……」

「なあ、那奈。どこに導いてくれるのかな、今度の猿は」

「導くのではなくて、この三猿は忠告しているのよ。ドアの向こう側で起きることは、見なかったことにするし、聞かなかったことにもする。他人には絶対に言わないということ。伊原さん、約束できる?」

「うん、約束する。誰にも言わないし、秘密は絶対に守るよ」

伊原が言い終わるまで、那奈はドアを開けずに待っていた。

会員制の秘密クラブにでも行くような興奮が迫《せ》り上がる。陰茎はまだ勃起している。頼もしい限りだ。

ドアが開いた。

部屋は薄暗かった。公民館の大広間のようで、秘密めいた妖しい雰囲気はない。

ざっと見渡したところ、十五人はいるだろうか。全員女性だ。五十代もいれば二十代もいるが、十代と思《おぼ》しき女性はいなかった。彼女たちの着飾っていない地味な装いが、いかにも地方の集会を思わせた。

全員が那奈に注目した。居ずまいを正す女性も数人いた。皆が那奈に敬意を払っているのが、伊原にも伝わった。

「こちらにいらっしゃるのが、わたしが以前皆さんにお話しした男性です。今夜、偶然にもわたしを訪ねてきたんです」

「ぼくのことを話したって、どういうこと？　何を話したの？」

伊原は那奈の耳元で言った。

赤玉のことなのか？　それが失われて勃起しなくなったことか？　そうだとしたら、ここにいる女性たち全員が、赤玉についての知識があるということになる。

三十代の女性が近付いてきた。恥ずかしがったりためらっている様子はなかった。那奈が紹介した。

「近藤《こんどう》ひろみさんです。彼女のご主人、実は三年前に、あなたと同じ情況になったらしいの。赤玉が軀から出て消えたって……」

彼女は丁寧にお辞儀をした。その拍子《ひょうし》に、肩までの長さの髪からうっすらと甘い香りが湧き上がった。ファンデーションを塗っただけの薄化粧で、普段着と思える厚手のパンツを穿いているというのに、強烈な色気を漂わせていた。

「おいおい冗談か？　そんな重大なことを、那奈は隠していたのか？　ぼく以外に、赤玉を失った男がいたとは」

「誤解です、それは。わたしが知ったのは一週間ほど前。ねえ、ひろみさん。わたし、嘘はついていないでしょう？」

那奈が慌てて否定すると、近藤ひろみはそれを補《おぎな》うように言葉をつづけた。

「那奈さんの言うとおりです。わたしは確かに一週間前、夫のことや赤玉のことを彼女に明かしたんです」

「まあ、こうなってみたら、ぼくの事情を明かしたかどうかなんて些細なことですね。近藤さん、ご主人のことを詳しく教えてもらえませんか」

「主人の軀から赤玉が出たのは、だいたい一年半前なんです。彼も、あなたと同じように勃たなくなっちゃいました……。那奈さんに聞きました、すみません」

「そのことは横に置いておいて、で、ご主人は？　ぼくと同じように、赤玉を取り戻すために行動を起こしたんですか？」

「最初に高千穂に行ったんです。一カ月ほどして伊勢を訪ねました。那奈さんも同じようにその二ヵ所をあなたと訪ねたと知って、本当に驚きました」

「同じ行程のようだけど、ちょっと違いますね。ぼくたちの場合は、まず伊勢に行き、そこで出会った人たちの導きによって高千穂に向かった。明らかに順番が違う」

「わたし、今、ゾッとしちゃった……」

那奈がひきつった表情で呟いた。近藤ひろみを目の前にしながら、

「ひろみさんのご主人、伊勢で亡くなったんです。入水《じゅすい》自殺ではないかって。女子島という小さな島の浜で見つかったそうなの」

と、声をひそめてつづけた。

「女子島……」

伊原は内心は驚いていた。赤玉を失った男が、男たちを癒すために存在している島で自殺するはずがない。

何かがつながっている。すぐにそう確信したけれど、何と何がつながっているのかまではわからない。何かの核心を摑めそうなのに、その核心が何なのかがわからない。

和室の大広間にあがった。薄暗かったせいで気づかなかったが、よく見ると、中央のあたりに敷布団が敷いてあった。八組をくっつけて正方形にしていた。そこに全員が坐ったり横になったりしてくつろいでいる。パジャマパーティか、災害で避難してきた人たちといった雰囲気だろうか。

庚申待を初めて目の当たりにしたが、伊原の想像とはまるきり違っていた。何十人という男女が酒を酌《く》み交《か》わしながら朝まで過ごすものだと思っていた。まさか、女性だけとは。しかも、酒も見当たらない。

「那奈、この人たちは東龍神社のそばに住んでいるの？　それだけの関係の人たち？　赤玉には関係ないの？」

「さすがは伊原さん。ピンときたみたいね」

「そりゃ、そうだろう。最初に近藤さんを紹介されたら、誰だってそう思うよ。それに、すべてが必然なんだから、ぼくが出会う人たちは、必ず、赤玉に関係があると思っているんだ」

「うん、そう……。確かに赤玉とのつながりがある人たちばかりなんですよね」

「ほんとに？」

那奈はうなずくと、この集まりについて説明をはじめた。近藤ひろみはふたりから離れて敷布団に腰をおろした。

「本来の庚申待って、体内の虫が出ていかないようにするために徹夜をしたんでしょう？　それがわたしの住んでいる地域では、赤玉を失ったご主人の連れ合いの方だけが集まるようになったんですって」

「ということは、那奈は赤玉の存在をずいぶん前から知っていたことになるじゃないか。

ぼくの赤玉とは関係なく……」

「それが違うの。二週間ほど前に、母に教えられたのよ。この集会のことや社務所の地下にこんな大広間があるなんて、夢にも思ったことはありませんから」

「つまりは、勃起できない夫をもつ妻の集まりということになるのかな」

「なぜ、こういうことになったのかというと、時代とともにこれまでの庚申待は廃《すた》れていったことがきっかけらしいの。母によると、赤玉が夫の体内から出ていくと勃起しなくなるという噂は以前からあったんですって。でも、誰も信用しなかった。浮気の口実《こうじつ》として夫が使っているだけだと思っていたらしいの」

「女の人が考えそうなことだな」

「だから今は、赤玉がどういうものかという知識を共有するために集まっているの」

「で、誰かいるのかい？　赤玉を取り戻せた幸運な人は……」

「わたしの知る限り、残念ながら、ここにはいません。伊原さんだけが、逞しいものを取り戻したんです……」

「そっか、それは残念」

伊原は短く答えて唾液を呑み込んだ。不謹慎で下品と言われそうだけれど、まったく別のことを考えていた。

勃起不全の夫ばかりということは、性的に欲求不満の妻たちが集まっていると思っていた。そんな色眼鏡で見ると、近藤ひろみの眼差しはとろんとしていて三十代の色気を精一杯放っているように感じられたし、彼女の横にいる四十代後半のショートヘアの女性は、大きな乳房を強調して性的なアピールをするかのように何度となく上体を揺すっているように思えてならなかった。

那奈が敷布団に坐った。伊原も腰をおろした。

女性たちはそれぞれがほどよい距離を保っている。視界に那奈と近藤ひろみを含めて四、五人が入っているが、赤玉という幻想を共有する同志に思えるせいか気楽で気安かった。

「あなたも、赤玉を失ったんですってね……。那奈さんが言っていました」

近藤ひろみが親しみをこめた眼差しで見つめてきた。伊原は那奈を睨みつけた後、近藤ひろみと視線を交わした。

彼女の眼差しは色気に満ちていた。

男の恋人が隣にいるというのに、おかまいなしに、誘う目をしていた。くちびるを何度も小さく尖らせて、キスしたいことを予感させた。

驚いたことに、近藤ひろみは那奈の目の前で、しかも、ほかの女性たちがいるというのに、手を差し出してきた。

「那奈さんがいるのに、ごめんなさいね。わたし、初めてなの、この部屋でこんなに大胆

「女にとって、この空間は解放区なの。この部屋のドアのレリーフの三猿のこと、覚えているでしょう?」

伊原は助けを求めるように、那奈に声をかけた。が、近藤ひろみの積極的な誘いが収まることはない。それどころか、那奈はけしかけるように言った。

「ちょっと待ってください。おい、那奈。これってどういうこと?」

なことをするのって……」

「それって、つまり、ここではタブーはないということ? そういうことが、庚申待という名を借りて催《もよお》されているってこと?」

「それはあまりにひどい思い過ごし。普段は女たちの他愛《たあい》のない話がほとんどだもの。男と違って、伊原さんが想像するほど、女は淫らではないの」

「でも、今夜は淫乱になっているんだね。特別な夜ってこと?」

「あなたが訪ねてきたから……。赤玉を取り戻そうとしている唯一の男性なの……」

「つまり、ここにいる奥さん方の夫は、皆、諦めたんだ。若い人もいるだろう? 諦めが早過ぎないか?」

「あなたのように、勃起できない原因が赤玉が逃げ出したせいだと気づかない人もいるみたいなの。たとえ気づいても、時間的にも金銭的にも追うゆとりがないから、諦めざるを得ないんでしょうね」

「諦めていいはずがないと思うけど、本当のところはどうなのかな。夫だけの問題ではないよね。奥さんは欲求不満になるんじゃないか？　それとも、勃起しなくなってよかったと思っているのかな」

「よかったなんて思わないでしょう。この空間は、女たちの不満を解消する場として存在しているの。実際に性的なことがなくても、朝まで井戸端会議をしていれば、女って解消できるから……」

「ぼくはずっと、赤玉にかかわるすべてのことが必然によって結びついていると思ってきたけど、ぼくが東龍神社に来たことも、社務所の地下にいることも、必然なのかな。那奈、どう思う？」

「それを決めるのはあなたよ。関係ないと思えば、それで終わりなだけ。必然だと思えばこそ、いろいろなことが見えてくるわけよ。伊原さんは今までそうやって、次に向かうべきヒントを手に入れてきたでしょう？」

確かに那奈の言うとおりだった。ということは、今ここにいることも、近藤ひろみに誘われていることも必然ということになる。必然の流れを断《た》ち切らないためには、彼女の誘いに応じるべきということになる。

理屈ではそうなるかもしれないが、那奈もいるし、ほかにも十数人の女性の目もある。応じられないと思っていると、那奈が背中を押すように言った。

「ほら、どうしたの、伊原さん。ひろみさんが誘っているのに、無視したらかわいそうよ。さあ、してあげて」

「すごいな、那奈って。割り切れるものなのか？」

「だって、ここはそういう空間だもの。その覚悟がない女は入っちゃいけないの」

伊原はようやくうなずいた。誘いに応じることが赤玉につながる。そう思うことでためらいを胸の奥に追いやった。

「勇気を出して、伊原さん。わたしも加わりたくなったら加わっちゃうかも……」

「ほかの人が見ているのに？」

「見ざる、聞かざる、言わざる。みなさん、大人だからわかっているのよ。そういう安心感があるから、大胆なことができるの」

「全員がその気になったらすごいな」

「そうなるかもしれないわよ」

那奈の大げさな言葉に、勃起がつづいている陰茎が反応した。もう何度となく、パンツの中で跳ねている。

伊原は那奈から離れ、近藤ひろみの横に並んで坐った。ほかの女性たちは、何事もなかったかのように話しつづけている。

「感謝しているの、わたし、こういう空間をつくってくれた東龍神社さんに」

近藤ひろみは囁きながら、あぐらをかいている伊原の太ももに手を載せた。やさしく撫ではじめたかと思ったら、股間にすっと指先を滑らせた。

性急だった。でも、濃密な地下空間が、それを自然なものに思わせた。

彼女の肩を抱いた。三十代のひとり身の女性がしなだれかかってきた。顔を上げ、瞼をゆっくりと閉じた。くちびるをめくって尖らせた。

妖しく淫靡なしぐさだ。それを伊原が目の前で見つめ、那奈が一メートル離れたところから眺めている。

「息ができなくなっちゃうくらいに、わたし、ドキドキしているの。ねえ、触ってみて」

彼女に手首を掴まれ、胸元に運ばれた。

うっすらと汗が滲《にじ》んだ乳房のすそ野は火照っていた。

必然のセックスがはじまろうとしている。伊原は興奮に胸を震わせながら、近藤ひろみにくちびるを重ねた。

## 深夜乱行

那奈の視線にたじろぎながらも、伊原は近藤ひろみとのキスに没頭した。セーターの下に手を入れると、ブラジャーの上から乳房を揉みはじめた。

東龍神社の社務所の地下の大広間には、キスしている近藤ひろみと那奈を含めて女性が十五人いる。男は伊原ひとりだけだ。女性たちは固唾を呑んで、愛撫の手に注目するようになった。

キスや愛撫をしているというのに、伊原はまだ迷っていた。たじろいでもいた。十人以上の女性に見られながら、これ以上、何をしたらいいのか、と。その一方では、やりたいことをやったらいいじゃないか、と鼓舞《こぶ》する声も胸に響き渡っていた。

近藤ひろみの舌が、口の中で躍《おど》る。愛撫をねだって乳房を押し付けてくる。自分で勝手に厚手のパンツを十センチほど下げていく。彼女には見られているという意識がないのだろうか？　そう思いたくなるくらいに大胆だ。

「本当にいいの？　みんなが見ているのはわかっているよね」

伊原は念を押した。彼女はあっさりうなずいて、キスを求めてきた。

「何をしてもいいんです。好きなことをして朝まで過ごすのが、この土地のならわしなんです。ここにいる限り、あなたが那奈さんの恋人かどうかも、わたしにもほかの人にも関係ないことなんです」

目の端に那奈が入った。嫉妬で怒り狂っている表情ではない。そうかといって、興味がないのでもない。

近藤ひろみがズボンの上から陰茎をまさぐりはじめた。彼女の大胆さに、伊原は呑み込まれて腰を突き出した。

見られているのに、勃起はつづいているのだ。つまり、奇跡がつづいているのだ。赤玉を取り戻していないのに……。

「あなたって、本当に赤玉をなくしたんですか？　こんなに硬くなるなんて、わたし、信じられない」

今はもう確かめる程度の触り方ではなかった。快感を引き出す愛撫だ。揉んだかと思ったら、陰茎の幹をぎゅっと握りしめたり、指の腹ですっと撫で上げたりする。

伊原は那奈と視線を合わせた。彼女は微笑んでいた。目が澄んでいた。不満も嫉妬も怒りも滲んでいない。

背中に気配を感じた。

振り返ると、四十代前半とおぼしき女性が寄っていた。耳が隠れる程度のミディアムヘアは茶色だ。アイラインを上瞼だけでなく下側にも塗っているために、好奇心に溢れている眼差しを際立たせていた。

「ごめんなさいね、ふたりを驚かせちゃって……。わたし、野上美咲《のがみみさき》と言いますが、加わってもいいでしょうか。ひろみさんが楽しんでいるのを見ているうちに、興味をそそられて……」

美咲はキメの細かい肌を真っ赤に染めながら言った。那奈はこの場所について、何をしてもいい空間だと説明したが、本当だったのだと改めて思った。

「ひろみさん、いい？」

美咲が恐る恐る訊くと、ひろみは屈託《くったく》のない笑い声をあげた。

「気を遣うなんておかしいですよ、美咲さん。ここは無礼講の空間でしょう？　もし気遣いをしたいんなら、わたしではなくて那奈さんに対してですよ。彼女が連れてきた男性なんですからね」

「いい？　那奈さん」

美咲は今度は那奈に許可を得ようとして、数メートル離れている那奈に声を投げた。その間にも、セーターをたくし上げていた。

ウエストのくびれとブラジャーのカップの縁取りが見える。男を誘惑するために選んだとしか思えない妖しい深紅だ。キメの細かい肌が蛍光灯の青白い光を浴びて透明度を増している。

「遠慮せずに、どうぞいいですよ、美咲さん。そのうちに、わたしも参加させてもらうかもしれませんけど」

「それじゃ、遠慮なく」

美咲は寄り添うように坐ると、いきなり、キスを求めてきた。

戸惑ったのは伊原だ。那奈を見遣った。が、彼女は微笑んで首を振るだけだった。

「おかしな人。あなたはキスしたくないの？　何のために赤玉を求めていろいろな場所に行ったの？　おちんちんの勃起を取り戻すためでしょう？　気持よさを取り戻すためでしょう？」

美咲の言うとおりだった。勃起を取り戻すために赤玉を追い求めていたのだし、硬い陰茎だけが味わえる快感を取り戻すためなのだ。

「ぼくは快感さえ得られればそれでいいっていうのはイヤなんです」

「道徳観念が強い人なのね。今どき、珍しいんじゃない？　那奈さんは幸せだわ。浮気なんて考えられないでしょうね」

「まあ、そういうことになるかな」

「もしそれが本当で、那奈さんとしかセックスしないなら、わたしはもう求めません」

「ぼくはそこまで堅い人間ではないですよ。那奈だってそれくらいのことはわかっているんじゃないかな。だから、こういう場にぼくを誘ったんだと思いますよ」

「だとしたら、もう倫理とか道徳観念といったことを持ち出すのは止めましょうよ」

伊原は深々とうなずいた。言いくるめられたわけではないが、倫理感や道徳観念に縛《しば》られて、目の前にある快感を逃すのはもったいないと思った。快感に背を向けるのは自分らしくない。

美咲がキスを求めてきた。伊原は常識や道徳観念をかなぐり捨てようと決意した。

くちびるを重ねた。

四十代前半の女性とキスするのは初めてだ。数分前に三十代の近藤ひろみとキスをしたけれど、年齢によってキスの感触に違いはない。どちらも気持がいい。

「伊原さんのズボン、脱がしてもいいわよね」

近藤ひろみが耳元で囁いた。伊原はキスをしながら腰を浮かした。

下半身はパンツだけになった。陰茎の勃起は今もつづいていて、萎える気配はまったくない。逞しい限りだ。

「わたしも加わっていい？」

明るく澄んだ声が、地下の部屋に響いた。伊原の目の端に入ったのは、茶髪の二十代の痩《や》せた美人だ。十代の頃に暴走族に入っていたとかヤンキーだったという雰囲気を色濃く残している。セックスが好きそうな顔でもある。

おいおい、本当かよ……。

伊原は目を閉じて冷静になるように自分に言い聞かせた。過呼吸になりそうなくらいに興奮している。勃起している陰茎がパンツの中で何度も跳ねる。萎えて勃たなかったこれまでの陰茎と同じものとは思えない。

「三人の女性に囲まれて、男冥利《みょうり》に尽きるんじゃない？　しかも、偶然にも三人は違う年代。どう？　楽しみが増えたでしょう？」

ズケズケと言ったのは、ヤンキー風の若い女性だ。独身に見えるが、どうなのだろう。訊きたいが我慢する。そんなことを訊くのは野暮だ。

この女性も近藤ひろみも野上美咲も、日常の生活を忘れて、地下のこの妖しい空間にいるのだ。日常や現実を思い出させるようなことを言うべきではない。

伊原は美咲とのキスを止めて、ヤンキー風の女性に声をかけた。

「君は何ていうの？　呼ぶ時に困るから、教えてくれるかな」

「石井《いしい》利恵《りえ》です。那奈さんの後輩で、東龍神社のすぐ近くに住んでいます」

「君はどうやって、この場所の存在を知ったんだい？」

「わたしの場合は母から……。わたし、できちゃった婚をしたんですけど、二年ほどで離婚したんです。半年経った頃に、この土地ならではの習慣があると教えられたんです」

「それはいつ？　何年前？」

「五年前かな」

「ということは、那奈、いや、中里那奈さんはいなかったわけだよね。彼女はつい最近、ここの存在を知ったんだから」

「那奈さんのお母さんがお世話をしてくれていました」

「当時も、庚申待のたびに、こういうことをしていたのかい？」

「することもあれば、しないこともあったかなあ……。基本的には、ここに集まる女性は全員、ご主人や恋人が不能になっているから、男をここで求めたとしても、理解してもらえるの。その安心感があるから、大胆なことができるんです」

「赤玉のことは知っていた？」

「そんなのは当然。でも、見たことはありません。それって、わたしだけじゃない。見たことがある女の人はいないみたい……」

「ぼくは見たよ」

「男の人だけが見られるらしいですね。それにしても、あなたって不思議。赤玉がないのに、おちんちんが勃っているんでしょう？」

「赤玉を追い求めてきたご褒美《ほうび》じゃないかな。それとも、赤玉がなくても勃起できる軀を手に入れたのかもしれないな」

「冗談言わないで。そんなのは不可能でしょう？　わたしが味わった絶望感が何だったのかってことになるわ」

「どういう意味だい？」

「主人だった人から赤玉がなくなって勃起しなくなったと知った時、この人には生涯、挿入してもらえないのかと愕然《がくぜん》としたもの。ショックだった。セックスしたい盛りなのに、できなくなっちゃったんだから……」

石井利恵はあっけらかんとした表情で言うと、パンツを脱がしにかかった。伊原は腰を浮かして協力した。

「伊原さんって無口だと思ったけど、違ったのね。やっぱり、若い子が相手だと饒舌《じょうぜつ》になるのかな」

四十代前半の美咲が冗談めかしてやっかみを言う。キスしたいらしく、顔を寄せてきた。それを見ていた三十代の近藤ひろみはゆっくりとズボンを脱いだ。

ブラジャーとパンティだけの姿になった。彼女につづいて、美咲も石井利恵も下着姿になった。那奈とほかの十一人の女性たちは遠巻きにチラチラと見ているだけだ。

利恵が大胆さを発揮した。

陰茎に触れてきた。先端の笠をすっと撫で上げた。陰茎の硬さを味わうように、強く握ったりやさしく撫でたりした。張り詰めた皮を引き下ろしたり上げたりした。伊原が痛そうに顔をしかめてもおかまいなしだ。先端の笠の端の細い切れ込みに、指の腹を押し付けたり撫でたりした。透明な粘液が滲んだのに気がついて、

「ああっ、久しぶりに、先走り汁を見たわ。いつ見ても、きれいね」

と、利恵が呟いていると、美咲がキスしてきた。

近藤ひろみも黙って見てはいなかった。伊原のセーターをたくし上げて、米粒ほどの乳首を撫でたり摘んだりしはじめた。

三人は事前に相談したわけでもないのに、それぞれが愛撫する場所を分担していた。伊

原は自分から何かをする必要はなかった。彼女たちは、男の軀に飢えていたのだ。

美咲とキスをしていると、近藤ひろみはセーターをたくし上げたまま、乳首に舌を這わせはじめた。陰茎をしごいていた利恵は、手ではなくて口を使うようになった。

快感が陰茎からも乳首からも舌からも湧き上がってくる。軀を無意識のうちによじってしまう。足の指をきつく曲げたり伸ばしたりして、全身に広がる快感に押し流されてしまわないようにする。

おかしなものだ。愉悦に浸りたいと願っているのに、快感が強いと不安になるのだから。本当だったら、大喜びで快感を受け入れるべきなのに、自分を見失いそうな怖れから、快感を抑え込んでしまうのだ。

「仰向けになって……」

目をつぶっていたから、誰の声なのかわからなかった。が、素直に従った。体勢を変えると、セーターと下着を脱がされた。

三人の女性たちも裸になった。乳房が大きいのは美咲だ。次がひろみで、利恵の乳房は小ぶりだった。

足の間に、美咲が入った。今しがたまで陰茎を愛撫していた二十代の利恵が愛撫のつづきをするだろうという想像は打ち破られた。言葉を交わしていないのに、彼女たちはローテーションしていた。

今、股間にいるのが美咲で、乳首を舐めているのが利恵で、キスを求めているのがひろみだ。

正座していた美咲は前屈みになった。陰茎を垂直に立てると、両手で挟んで拝むようにしながらしごきはじめた。

先端の笠をすっと舐め上げた。

鋭い電流に似た快感が駆け上がった。陰茎の付け根の奥が熱くなった。陰茎は無限大に膨脹していくようだった。

「伊原さん、お願いがあります。やってみたいけどできなかったことを、今、試してみてもいい？」

華やいだ若い声は利恵だ。小さな乳房をわずかに揺らしながら近づいた。

何を試したいのか教えてくれなかった。話が先に進まないから仕方なく許すと、彼女は立ち上がると、仰向けになっている伊原の頭を挟み込むようにして跨《また》いだ。

「すごいことを考えていたんだな、利恵ちゃんは……。エッチ全開だ。黒々とした茂みと、その奥にきれいなピンク色の割れ目が、ぼくの視界に入っているよ……。利恵ちゃん、恥ずかしくない？」

「恥ずかしいけど、我慢するわ。わたし、恥ずかしいことをしてみたかったの。こんな姿を見せられるのは、この場所だけ」

利恵は腰を落とした。伊原の目には、割れ目が近づいた。

口を塞がれた。

尖ったクリトリスが舌の上で前後に大きく動いた。

「男の人の顔に、女の大切なものを押し付けてみたかったの……。ごめんなさい、伊原さん。これって、あなたのことを侮辱《ぶじょく》しているわけじゃないから」

口と鼻を塞がれたけれど、利恵が前後に動くことでわずかに隙間が生まれて呼吸ができた。それでも苦しかった。が、それを忘れさせてくれるくらいに、美咲のフェラチオが気持よかった。

快感はそれだけにとどまらなかった。

乳首を吸われた。ひろみの愛撫だ。右の乳首をくちびるで摘むようにしながら吸いはじめた。時折、歯で軽く嚙んだ。同じ刺激を長くつづけることはなかった。三十代の女の性技にうっとりとした。

その時だ。

あれっ？　伊原は予想外の出来事に小さな声をあげた。美咲の口の中で勃起している陰茎が勝手に鋭く跳ねた。

左の乳首を吸われたのだ。

四人目の愛撫だ。誰？　利恵の割れ目に視界を遮《さえぎ》られているせいで、四人目が誰なのかわからない。

「あなたって幸せ者ね。四人の美女に愛されているんだもの」

三人の女性の声ではないが、伊原には聞き覚えがあった。

那奈だ。

「勃起してもしなくても、あなたは快感に浸れるってことに気づいていた?」

やはり那奈だ。伊原は声を出せないから、イエスの意味を込めてうなずいた。

「わたしはわかったの。あなたが勃起を必要としているのは、射精で得られる快感と男としての自信のためだって……」

伊原はまたうなずいた。そうだ、そのとおりだ。那奈は男の心がわかっている。

「赤玉って、女のことを本気で気持よくさせようと思っている男の人にだけ存在するんじゃないかと思ったの」

伊原は今度は首を横に振った。意味がわからないというつもりでだ。

「わからない? 自分の快感のことしか考えられなくなった男の人の軀から、赤玉は消えていくのよ」

伊原はまた首を横に振った。理解できないという意味だ。

「女が硬いおちんちんを入れて欲しいと願うのは、男の人の愛情を感じたいからだし、気持よくさせたいというやさしさを感じたいからよ……。それがないセックスなんて、悲しいだけ」

那奈は言うと、乳首を強く吸った。ひろみがもう一方の乳首を吸った。美咲は陰茎の先端を吸った。利恵は割れ目を離すと、キスをして口を吸った。

四人の女に吸われた。

快感に酔った。頭がぼうっとしていくのを感じながら、軀から何かを吸い出されているような気になった。

そう言えば、この集まりは庚申待だったなとチラッと思った。軀から三尸という虫が出てくるのを防ぐために朝まで起きているという土俗的な風習だ。

三尸が吸い出されているのかな……。

漠然とそんなことを思った途端、伊原は軀に異変を感じた。

勃起していた陰茎の芯から力が抜けはじめた。膨脹して張り詰めていた笠がうねりながら小さくなった。

## 女神の導《みちび》き

陰茎はあっという間に小さくなった。

伊原は腹筋に力を込めたが、効果は微塵《みじん》もなかった。四人の女性たちが見ているのを承知で自分でしごいたけれど、やわらかくなった陰茎の芯に硬さは戻らなかった。

陰茎は陰毛の茂みに没した。

那奈もひろみも美咲も利恵も何も言わないし、手も出さなかった。四人は互いに牽制《けんせい》しているようだったし、あまりの急変ぶりに驚いているようでもあった。

「まいった、やっちゃったよ……」

伊原はそう言って照れ笑いを浮かべるのが精一杯《せいいっぱい》だった。もちろん、心の片隅では、こうなることを予期していた。赤玉を取り戻していないのだから。

それでも落胆は大きかった。失せていた無常観も広がっていた。勃起させるために費《つい》やした膨大な時間とお金と忍耐と努力の成果が、たった数秒でなくなったのだ。やりきれない気持になるのは当然だろう。

那奈がわざとらしく大げさに肩を叩いた。地下の大広間に湿った音があがった。

「ほらほら、元気を出して、伊原さん。そんなに落ち込むことないわよ。すぐにまた勢いを取り戻すわよ。美人がこんなにたくさんいるんだもの」

萎えた陰茎を股間にぶら下げて、那奈に励ましを受けていることに、伊原はせつなさを覚えた。居心地もひどく悪かった。四人の女性の視線も痛いくらいに感じた。萎えた陰茎がさらに縮こまった。

「何を言われても、悲しくなるよ」

「弱気になったらダメでしょう。振り出しに戻ったわけじゃないんだから」

「そうか？　スタート地点というよりも、マイナス地点に立たされた気分だよ」

暗澹《あんたん》たる気持になっていたが、伊原は努めて明るい表情をつくった。それは那奈を含めた四人の全裸の女性たちと遠巻きに眺めている十余人の女性に対しての強がりだ。いじけた言葉をいくつか口走りたいところだったけれど、男の矜持がそれを拒んだ。

近藤ひろみが乳房をあらわにしたまま、心配そうな表情で囁いた。

「今なら間に合うかもしれないから、わたしにさせてください。那奈さん、いいでしょう？」

「ええ、もちろん」

「あなたの恋人を、主人の二の舞いにはさせたくないの」

彼女の言葉の意味を、那奈だけでなく、大広間にいる全員が理解した。

赤玉を失った彼女の夫は、それを追い求める道半ばで急死した。発見場所は伊勢の女子島。死因は溺死。酔って海に落ちた事故ということだったが、勃起不全を悲観した自殺ではないかとももっぱらの噂だった。

陰茎が引き出された。

強烈な色気を放っているひろみの指に触れられても、笠も幹も弱々しい。陰毛だけが太くて猛々しさを保ったまま野放図《のほうず》に立ち上がっている。

萎えた陰茎をくわえた。

たるんで余った皮を、ひろみは舐めるのではなくて、吸い込むようにすすった。濁った音をあげながら繰り返した。二度三度どころではない。五回十回とつづける。

「可愛い、おちんちん。生きているおちんちんなら、わたし、何でもいいの」

「人間は欲が深いから、今は生きていればいいと言っても、次の時には、やっぱり硬いほうがいいって言うもんだよ。その次になると、持続力があったほうがもっといいってことを言い出すと思うよ」

「主人も同じようなことを言っていました。そうだ、わたし、思い出したわ……」

「何を？」

「赤玉がなくなっても、どうにかセックスはできるけど、やっぱり、あるとないとでは大違いだって……。それは、おちんちんが硬くなるならないの違いではなくて、心の有り様《あよう》だって言っていました」

「わかるなあ、ご主人のその気持。男の自負心を支えているものがないんだから、心細いもんだよ」

「だから主人は、家庭を顧《かえり》みずに赤玉を追い求める旅に出たんです。平和な家庭をつくっていくためには自分が男でありつづける必要がある、と言っていました」

「志《こころざし》半ばで亡くなったわけか。無念だったろうな。ご主人は赤玉を取り戻せなかったようだけど、ヒントも得られなかったのかな」

「彼は言っていました。『赤玉は再生する』って。でも、『いきなり再生はしない。ゼロから百になることはない』とも言っていました。『行くべきところには、順を追っていかないと、欲しいものは手に入らない』と、メールしてきたこともあります」

二メートルほど離れたところでふたりの会話を聞いていた那奈が、口を挟んできた。

「ごめんなさいね、割り込んじゃって。だけど、話しておいたほうがいいだろうなってことを思い出したから……」

那奈が神妙な表情を崩すことなく咳《せき》払いをひとつした。空気が微妙に変わった。

大広間に緊張感が生まれた。それは今までの艶めかしさを帯びた緊張感とは別物だ。そこにいる全員が、那奈が重大なことを明かすのではないかと固唾を飲んだことで生まれたものだった。

「そういえば、ご主人に生前、訊かれた記憶があります。『東龍神社は女と赤玉に関係していませんか』って……。わたし、その時『何の意味なのか、わかりません』と、正直に答えました」

「なぜ、そういう質問をぶつけることができたのかな。彼は彼なりに、核心に近づいていたのかもしれないな」

伊原は思わず唸った。ひろみの夫も、彼独自のやり方で赤玉を追っていたのだ。

「わたしも、『なぜですか』と訊いたんです。そうしたら、女が『行くべき道』を示してくれるという返事をいただいたんです」

「どこで、ご主人は女が『行くべき道』を教えてくれると知ったのかな」

伊原の呟きに、今度は、ひろみが紅潮《こうちょう》した顔で答えた。

「すみません、ちょっといいですか。伊原さんがおっしゃったことに主人が気づいたのは、たぶん、東龍神社の宝物殿に展示している奇怪なものを見たからだと思います」

「何を見たんですか?」

那奈が訊いた。

「亡くなる一週間くらい前に、夫は東龍神社の宝物殿の展示物を調べに行ったんです。赤玉に関連していると言っていました。その日の夕方、彼、興奮して帰ってきました。『顔が龍で、体が女の彫像があったんだ。しかも、女の大切なところがデフォルメしてあって、股間が真っ二つに割れて見えるんだ』と……」

那奈は驚いた表情で二度三度とうなずいた。

伊原は那奈とふたりで宝物殿に向かった。

深夜の神社を歩くのは、初詣《はつもうで》以外では初めてだ。人の気配がまったく感じられない空間は、都会で暮らしている伊原にとっては何もかもが恐怖だった。

宝物殿は森の中にあった。社務所の奥にある本殿からさらに五十メートルほど奥に離れた場所だ。幅二十メートルほどの階段を十段上がると観音《かんのん》開きの入口がある。銅板を張り巡らしたドアは、月光を浴びて鈍い輝きを放っていた。

社務所から持ってきた鍵で錠を解いた。宝物殿に入るとすぐに、明かりを点け、セキュリティのスイッチをオフにした。

ひろみが言っていた奇怪な彫像は、時代ごとに四つに分けている展示室の「平安、鎌《かま》倉《くら》、室町《むろまち》戦国時代」にあった。

「頭龍女体玉像《とうりゅうにょたいぎょくぞう》」という名だ。解説を読むと、この展示室に置かれているのは制作年月日ではなくて、戦国時代の一五六八年に見つかったからということだった。今川《いまがわ》家が築城した駿府《すんぷ》城で、池をさらっている時に水中で偶然にも発見されたという。

首から上が龍で、首から下が女体だ。脚を開いて体をくねらせている姿は、頭部と胴体との差違を強烈に訴えていた。しかも、股間が裂けているかのように脚が開いていて、土台には玉《ぎょく》がふたつ彫られていた。

彫像は素晴らしくもあり、グロテスクでもあった。

ふたつの玉は、見ようによっては、脚の間から落ちた肉塊だと解釈できる。それを赤玉だと思うのは早計《そうけい》だ。目を凝《こ》らして見ると、玉のように見えているのは、ツルツルの猿の頭部のようだった。

龍の顔にも特徴があった。特に髭だ。それは火箸《ひばし》のように直線的で、髭とは思えない彫り方をしていた。しかも、左右に一本ずつしかない。
伊原はいったんそこを離れて、ほかの三つの展示室を見て回った。展示物は大刀や鎧《よろい》
兜《かぶと》や巻き物、屏風《びょうぶ》絵、鉄砲、槍、手紙といったごく普通のもので、奇っ怪なものは「頭
龍女体玉像」だけだった。
「不思議だと思わないか？　この像だけが異質じゃない？」
「そうね、確かに。わたし、あなたに言われて初めて気づいたわ。物心つく前から見てき
たものだから、何の違和感もなく受け入れていたみたい」
「赤玉を暗示しているのかな。台座に彫られているふたつの玉のように見えるものが、こ
の彫像の核心かな？」
「見る人が違うと、見方も違うのね。わたしには、龍の髭に、答えが隠されているんじゃ
ないかって思えたの」
「どうして？」
「龍の左右の髭を真正面から見ると、開いた口の奥に、のどちんこが彫られていることに
気づかない？」
伊原は龍の口を覗き込んだ。光は口の奥までは射し込まない。目を凝らしてようやく見
ることができた。
のどちんこだ。舌の奥に確かにある。

「わたしにはそれが猿の顔に見える。でもね、これって猿だということが重大なのではなくて、箸に見える髭があるからこそ、猿が重大な要素となるの」

「意味がわからないな」

「髭として彫られていたら、口の奥にあるものはのどちんこでしかなかったと思うの。それが直線的で箸に見えることで、猿に似たのどちんこに意味が出てくるの」

「なぜだい？」

「これって、伊原さんがいくら図書館で書物を調べてもわからないことよ……。父が月に一度、一日《ついたち》にやっていることに関係しているの。わたしはそれを『塩割《しおわり》の導《みちび》き』と呼んでいるの。儀式めいているけど、儀式ではないかな」

那奈によると、塩割の導きとは盛り塩を捨てる前に、箸をつかって盛った塩を、左右に分けることだという。行くべき道を示してもらうという意味が込められているということだった。

「行くべき道？」

伊原は鳥肌が立つのを感じた。ひろみの夫が遺《のこ》した「行くべき道」という言葉と同じだった。すごいことになってきたぞ。社務所の地下に行ったことも、ひろみと出会ったことも、すべてはこの『頭龍女体玉像』につづく必然だったんだ……。

東龍神社にやってきたことが間違いではなかったと確信した。そして、この像が隠し持っている意味は、実は、台座の玉にあるのではなくて、口の奥にひっそりと隠れているのどちんこにあったのだ。

「この彫像はなぜ、駿府からここにやってきたのかな。必ず、わけがあるよね。必然によってここに辿り着いたと考えたほうが自然だと思うな」

「なぜか理由はわからないけど、この場所が赤玉にとって重要だからでしょうね。そして、次の場所を示すために、この像はやってきたと考えるべきじゃないかしら」

「うん、そうだね」

伊原は考えていた。次の場所を示すものがあるとしたら、何か、ということを……。

龍の口の中を覗いた。

のどちんこが猿の顔に見えた。

笑顔の猿だ。伊原はそれを見た時、合点《がてん》した。この猿が次の場所に導いてくれる、と。

猿はこれまでずっと導いてくれた。

この彫像はこの場所に置かれたのが必然である。その必然が示す次の場所が、のどちんこの奥ということか？　何だそれは。

「ねえ、口の奥の猿って、方角を示していると思わない？　猿は申。南西の方角を目指せということかもしれないわよ」

千葉県から南西の方角といったら太平洋だ。

海か？

いや、伊豆七島がある。

そこだ。そこに行けという意味だ。

伊原はいろいろな疑問がすっと腑に落ちた気がした。同時に、充実感がみなぎりはじめた。勃起を失ったことで消えた気力が戻ってきた。陰茎にもほんのわずかに力が入った。希望と期待が勃起を生んだ。

「那奈、不謹慎を承知で言うんだけど、聞いてくれるかな……。宝物殿でぼくの宝物を丁寧に扱ってくれないかな」

「それって、おやじギャグ？　それとも、本気で言っているの？」

「いつだって本気だよ」

伊原は言うと、那奈の下腹にやわらかい陰茎を押し付けた。

# 第五章　神々の島

## デッキの戯《たわむ》れ

月のない夜の海は、鉛色《なまり》にさえ見えない。闇そのもの。音のある闇。海の漆黒は空の漆黒と混じり合って、闇はどこまでも広がっていく。波の音が聞こえないと、自分がどこにいるのかわからなくなりそうだ。

十二月三十日、午後十一時過ぎ。

伊原と那奈は大型客船に乗っている。かめりあ丸の二等和室。午後十時に、竹芝桟橋《たけしばさんばし》を出港した。目指すのは神津島。十二時間の船旅だ。

ふたりでデッキに出た。

冬の潮風《しおかぜ》は意外にも暖かかった。スキー場のような寒さではない。

ふたりとも船旅は初めてだ。目指す神津島も初めて。伊豆七島を訪ねるのも初めて。初めてづくしの旅は、すべてが新鮮だ。

「まさか、本当に神津島に行くなんて、わたし、今でも信じられないなあ」

那奈は髪をなびかせながら可笑しそうに笑った。手すりを摑んでいる手が寒そうだ。

伊原は那奈を背後から包み込むようにして立った。

「ぼくだって信じられないけど、行ったら何かが摑めると思うよ。ぼくが東龍神社に行ったのが必然だったように、神津島に行くのも必然じゃないか？」

「そうね、確かに。その必然、わたし、信じるわ。わたしたちって、信じることで真実の道を探り出してきたんだものね」

「それにしても、遠くまできたな」

「伊原さんは強運の持ち主ね。伊勢や高千穂や戸隠に行けたんだもの。運がないと、近藤ひろみさんのご主人のように、志半ばで亡くなってしまうんじゃないかしら」

「欲が人一倍深いからだよ」

「そうじゃない。赤玉を追える人って、赤玉を信じているからでしょう？　今の世の中、そういったものを信じられる人って少ないと思うの」

「ぼくの場合は、軀から出た赤玉を、偶然にも鏡を介して見たから、その存在を信じられたんだよ。実際にあれを見なかったら、追いかけるなんていう発想は浮かばなかったと思うな。こうして神津島に船で向かうこともなかったね」

「赤玉なんて見なかったほうがよかった？」

「さあ、どうだろう……。正直言って、見ないほうがよかったと思うこともあるかな。時間と金の無駄だと思うこともあるからね。勃起不全のための治療薬を飲めば済むんじゃないかって」

「今もそう思っているの？」

「まさか。そんなことを考えていたら、年末の忙しい時に、船に揺られて神津島に行こうなんてことは考えないよ」

伊原は今でも、東龍神社の宝物殿で見た「頭龍女体玉像」の口の奥にいた猿の姿が忘れられなかった。あの発見があったことで、神津島に行くことを決めたし、あれを見つけたことで、赤玉を追いつづけようという意を強くしたのだ。

那奈のお尻にぴたりと陰部を密着させた。そこには寒風も吹き込んでこなくて、ふたりのぬくもりが混じり合っている。ここは人の目につきやすい公《おおやけ》の場所だ。抱き合っていると思われても、股間を押し付けることが目的とは見られないように気をつける。

抱きしめた恰好のまま動かないでいると、那奈がお尻を何度も突き出して刺激を求めてきた。

彼女は興奮していた。出港してからずっと快楽を欲しがっていた。

「伊原さんにここでして欲しいの。奥まで突いてくれたら、わたし、これまで味わったことのない快感に浸れる気がするの」

「ぼくだって、やりたいよ。だけど、無理なものは無理だから」

「やわらかくてもいいから、わたしのあそこにくっつけてみて……。最後は、指でしてくれてもいいから」

那奈は海も空もない漆黒の闇に向かって、せつない喘ぎ声を放った。那奈の横顔からは、今までとは別の類の妖艶さが滲み出ている。海の漆黒が引き出している妖しさなのか。

「指でしてくれって言っても、那奈はズボンなんだから……。どうしてスカートを穿いてこなかったかな」

「だって、船の中でこんな気持になるなんて想像できなかったの。寒さ対策のことだけを考えたかな」

「色気がないんだな。それなのに、ぼくのあそこを元気づけようっていうのか……。矛《む》盾《じゅん》していないか？」

「四日も一緒にいるんだから、焦って船ですることはないとは思ったの」

「今は？　焦っている？」

「ううん、ぜんぜん。ゆったりとした気持。だけど、この場所に立って、真っ暗な世界を見ていると、自然と軀が反応しているの……。漆黒の闇って欲望の源なのね」

那奈は高揚《こうよう》した表情で囁くと、ズボンを太ももの付け根のあたりまで下ろした。それだけでも十分大胆なのに、彼女はさらに、パンティも二十センチ近くずり下ろした。

彼女を包み込むようにして抱いていた右手を、剝き出しになった陰部に伸ばした。

陰部は鳥肌が立っているけれど温かい。陰毛は今しがたまで押し潰されていたのに、一本一本が自分の存在感を示すように立ち上がっている。割れ目は窮屈なくらいにきつく閉じていて、ちょっと触った程度では指をねじ込むことはできそうにない。

雲が割れた。

満月が現れた。東京で見るものより何倍も大きかった。この満月を見られただけでも船旅にした価値があると思ったくらいだ。

海は鉛色になった。

波がつくりだす光と影は、漆黒の闇とは違う形で、見る者の欲望を刺激してくる。

ふたりは船室への出入り口の脇に移った。そこはデッキに出てくる人にとって死角となる場所だった。たとえるなら、ビルとビルの狭間のような空間だ。海の冷たい風もここでは弱かった。

彼女はうずくまるように腰を落とした。

那奈の髪がなびいては落ち着く。甘い香りが湧き上がっては消えていく。足の付け根まで下ろしたズボンはそのままにしていた。寒そうだったけれど、そのルーズさが淫らな雰囲気を醸《かも》しだした。

伊原は腰を突き出して、ファスナーを下ろそうとしている那奈に協力した。パンツから陰茎が引き出された。

陰茎をくわえてきた。

温かい。冷たい風に一瞬でも晒された陰茎にとっては、那奈の口の中のぬくもりはありがたかった。唾液のヌルヌルした感触が、温かさを強調している。

勃起しそうでしない。勃起させたいという願いを忘れられたら、ふっと、何気なく勃起しそうな気がする。

那奈の頭が前後に動きはじめた。口の奥深くまで陰茎を呑み込んでは、小さな笠が見えるところまで吐き出すようにして愛撫を繰り返す。幹を包むやわらかい皮に彼女の唾液が溜まっては落ちていく。

なんという気持よさだ。海の上ではなおのこと快感は増幅していた。船の揺れがいいのか、船という非日常の場所だからいいのか。

大型客船のわずかな揺れに、膝の揺れが重なる。そこにさらに、快楽が引き出す腹の底の震えのうねりが加わる。

波を切り裂く音が、呻き声を掻《か》き消していく。車の排気音やテレビの音声とも違って、自然の音というのは心地よく耳に響く。伊原は誰かに聞かれるという不安も気兼《きが》ねせずに喘ぎ声をあげた。

客船は上下にわずかに動く。それが、那奈の口にも伝わっている。彼女の舌を介して、伊原もその動きを感じ取る。那奈と陰茎と波と海とが一体になっていると感じられる。

いきそうだ。勃起していないのに、彼女の口の中で果ててしまいそうだ……。

伊原は咄嗟《とっさ》に腰を退《ひ》いた。

もったいなかった。こんなにも気持のいいことをすぐに終わらせたくなかった。

「どうしたの？　わたし、いけないことをした？」

那奈が顔を上げて、心配そうな表情を浮かべた。

漆黒の闇が彼女の顔の輪郭を侵食《しんしょく》していた。髪は闇に紛れていた。唾液に濡れたくちびるは、月明かりを浴びているおかげで闇を遠ざけていた。

「腰を退いた自分のことを、貪欲な男だって本当に思ったよ」

「それって、どこかで聞いたセリフ……」

「那奈って、妬《や》けるようなことを平気で言うんだな」

「危篤だったおじいさんが同じようなことを言ったのよ」

那奈が言ったのは、クリスマスの晩のことである。あの時、祖父が危篤ということで、東京から呼び戻されていた。伊原は彼女を追って、千葉まで車を走らせたのだ。

「元気になってよかったよな。もしものことが起きていたら、こうして船旅を楽しんでいられなかったんだから……。で、生命力のあるおじいさんは何て言ったんだ？」

「わたしに向かって、『貪欲な人でいなさい』ですって。『自分のやるべきことを背負っている者こそ、貪欲であるべきだ』って。訳《わけ》がわからないって言ったら、『貪欲であれば、世界は広がる』と教えてくれたの。それでなんとなく、おじいちゃんの言いたかったことがわかったかな」

「那奈はもう十分に貪欲な人になっているんじゃないかな？」

「まだまだ、ダメ、わたしなんて。伊原さんに赤玉を取り戻してあげられたら、貪欲な人になったと認めてもいいかな」

那奈はもう一度、陰茎をくわえ込んだ。

くちびるをすぼめて幹を圧迫する。付け根に溜まっている唾液を、わざわざ、濁った音を立てて吸い込む。波の音がいくら大きいからといって、濁った音は掻き消えてしまわない。誰かに聞かれてしまうのではないかという不安とスリルが性欲を掻き立てる。

「部屋に戻らないか？　寒くなってきた。那奈も寒いだろう？」

彼女はそれをきっかけに、陰茎を口から出して立ち上がった。中途半端に下ろしていたズボンとパンティを膝のあたりまでいっきに下げた。

「ねえ、して……」

潮風に当たっていた陰毛はいくらかしんなりして、割れ目を隠していた。強い風が吹き込むと、陰毛はさざ波のようになびいた。月の明かりを反射して、妖しく鈍い輝きを放っている。

伊原はくちびるを寄せた。

潮の香りとうるみの甘い匂いが絡み合いながら鼻の奥深くに入り込む。舌先に感じる塩気は、うるみなのか、潮なのか。

舌を尖らせてクリトリスを探った。

「ああっ、気持いい。もっと舌を深く入れて……。伊原さん、わたし、船旅が好きになりそう。初めて、こんなに気持がいいのって」

「那奈は初めてのことが多いんだな。今の初めてって、どんな初めてなんだ？」

「ひと言で表すには難しいけど、船で揺れている心地よさと舐めてもらっている気持よさと、こんなところでエッチなことをしているっていうスリルが混じった満足感っていうところかな」

「ほんと、難しい気持よさだな」

伊原は舌を押し込んだ。顔は縦長の陰毛に埋まった。そこも漆黒の闇だ。そこまで月の明かりは入り込んでいないが、ぬくもりはこもっている。

不思議なものだ。

船旅が感性を刺激しているのか。東龍神社での経験が男の感覚を磨いたのか。

那奈の肌もぬくもりも快感も、これまでにないくらいに心の近くで感じられた。好きな女を愛撫しているといった程度のことではない。深い深い意味があると確信できそうなくらいに、那奈の存在が近くなっていた。

「わたし、変。まだちょっとしか舐めてもらっていないのに、いっちゃいそう……」

「いいよ、いって」

「ほんとにいいの？　ああっ、いい。ごめんなさい、伊原さん。わたしばっかりが気持よくなっちゃって」

那奈は割れ目を震わせながらのけ反った。それをきっかけに、割れ目がぷりっと開いて濃いうるみが流れ出た。

昇ったようだった。

彼女の荒い息遣いと震えと緊張とその次に表れた下腹部の弛緩が、絶頂にまで昇り詰めたことを示していた。

二等和室の睦言《むつごと》

ふたりは二等和室に戻った。

東龍神社の地下の広間よりも広い。ざっと見たところ、優に三十人は寝られるだろうか。そこに客ひとりが一畳《いちじょう》ほどのスペースを与えられている。枕と一枚の毛布があるだけの雑魚寝《ざこね》。男女の区別はない。

乗客は八組二十人だった。家族連れもいるし、若いカップルも老夫婦もいる。帰省なのかレジャーなのかは、荷物に土産物《みやげもの》の手提《てさ》げ袋が混じっているかどうかでわかる。

伊原と那奈はもっとも奥まったところに寝場所を陣取った。八十歳前後と思《おぼ》しき老夫婦が一畳分空けた隣。家族連れが通路に近いところだ。

身支度を整えて、背筋を伸ばした。その時、老夫婦のご主人と目が合った。

伊原は不思議な感覚にとらわれた。既視感だ。どこかで今のこの光景と同じ情況になった気がしたのだ。

老人がにっこりと微笑んだ。

薄い頭髪から垣間見える地肌は桜色に染まっていた。額と目尻の深い皺がやさしげだ。視線を重ねたままで逸《そ》らそうとはしない。それがまた不思議だった。

「どこかでお会いしたことがありますか」

伊原は思い切って静かな声を投げた。

老人は杖《つえ》を枕の横に置いた。杖をつく老人の姿を想像するうちに、ふっと、伊勢に出かけた時のことが甦った。

早朝に女子島から伊勢に戻った後、那奈とふたりで猿田彦神社を訪ねた。あの時、川沿いの遊歩道で、杖をつく老人と出会った。白鳥タネと双子《ふたご》の老人。今目の前にいる老人とうりふたつだ。

「白鳥さんでしょうか。猿田彦神社でチラッとお話ししたと思いますが」

「はあ……確かに、わたしらは白鳥と言いますが、あなたさまとは会ったことはないと思いますがなあ」

「あなたは『西へ』と教えてくださった。あのアドバイスがあったから、高千穂に行くことができたんです。覚えていらっしゃらないようですが、その節《せつ》は、ありがとうございました」

伊原が頭を下げていると、那奈もその時のことを思い出したように声をかけてきた。

「おじいさん、わたしも覚えています。奇遇《きぐう》ですねえ。お隣にいるのは奥様でしょうか」

「はあ、そうですけどなあ」

「神津島ですか、訪ねるのは」

かめりあ丸は、神津島以外の離島にも寄港《きこう》する予定になっている。

白髪の妻は小さくうなずいた。那奈の当たりのやわらかい口調は、老夫婦にとっては話しやすいようだった。

「わたしらは結婚して五十年になりますが、妻が神津島に連れて行け、連れて行けって、わがまま言いおったですよ。あまりにもしつこく言うから、こうして仕方なく、船旅をしている次第です」

「奥様の故郷なんですか？」

小さな老女は首を横に振った。足を投げ出して坐っている姿は、どこにでもいる老人のようでいて、威厳《いげん》に満ちていた。老女が持っている心の大きさと気高《けだか》さが、粗末《そまつ》な洋服を通り越して、軀から放たれていた。

「おふたりはどこに泊まるんですか？　小さな島ですから、同じ宿かもしれませんね」

「わたしらは白光《びやっこう》旅館という名の宿ですな。お宅さんたちは？」

「ぼくたちは赤空荘《せきくう》という民宿です」

白光とは意味深な宿の名だけれど、神津島の中央部にある天上山《てんじょうさん》から拝むご来光が白い光ということからつけた屋号だと、宿のホームページに記されていた。そこには、神津島は神が集まる島だから、かつては神集島と書かれていたという記述もあった。

老人が口を開いた。ぼそぼそとした口調で聞き取り難《にく》かった。

「女房もわたしも、伊勢の島が故郷です。あんたが西に行く前に訪ねる必要があった島ですよ」

「ということは、ぼくたちのことを思い出してくれたんですね」

「さあ、どうかなあ……。とにかく、偶然ですな、ほんとに。あんたたちは、あの後、どこに行ったのかい」

「さっきも言ったように、高千穂です。伊勢と高千穂はつながっていたんです。高千穂では、実物の猿に、行くべき道を案内してもらいました」

「で、今度は神津島かい？　それとも、単なる観光かな？」

「ぼくはまだ自分が望むモノを手に入れていません。たぶん、だからこそ、ここであなたたちと出会ったんです」

「面白いことを言うなあ、あんたは」

「赤玉を追っているうちに、この世には、偶然ではなくて、必然によって結びつくものがあると知ったんです」

　老人が言い終わっても、老女は相変わらず押し殺した笑いをつづけた後、深い皺の奥にひそむ眼窩《がんか》から強い光を放ちながら口を開いた。

「あんたは、戸隠に白鳥タネが行っていたことを知っていたかい」

「はい」

「タネとうちの旦那《だんな》は、二卵性の双子だってことも知っていたかい？」

「はい、知っています。猿田彦神社でお会いした時、教えてもらいました。あっ……」

「どうしたのかな？」

「それってつまり、女子島と神津島がつながっているという意味なんでしょうか？」

「さあ、どうかな」

老女はまた押し殺した笑い声をあげた。隣でふたりの話を聞いていた那奈が、

「女子島って、近藤さんのご主人が発見された島でしょう?」

と、気味悪そうな顔で囁いた。

そうだ、そのとおりだ。伊原は那奈を見つめながらうなずいた。

老夫婦は表情を曇らせながら互いに顔を見合わせていた。言葉はなかったが、ふたりは視線で会話をしていた。

伊原はふたりの様子の変化に気づいたし、理由についてもある程度は察しがすぐについた。那奈が気味悪そうな顔で口走った近藤という名を耳にしたからだ。

「近藤さんという名に心当たりがあるんでしょうか」

伊原は訊いた。女子島の老夫婦との出会いが必然であるなら、ちょっとした疑問でもぶつけるべきだと思う。何が次に向かうべき場所への道標《みちしるべ》になるかわからない。

老人が渋々といった顔で口を開いた。

「今、あんたの連れのお嬢さんが、『女子島で発見された』と言ったように聞こえたからね。わしの気のせいだったかな」

「彼女は間違いなく言いました。おふたりは女子島で近藤さんに会ったんでしょうか」

「あれは、何年前だったか忘れたけど、ばあさんと海岸に朝飯前の散歩に出かけた時だっ

たなあ……」

「ちょっと待ってください。女子島には男は暮らせないんじゃなかったですか？」

「あんた、よく知っておるのぅ、女子島の約束事を……。わしは毎朝、ポンポン船で通っておるんだ」

「そうでしたか……。話を元に戻してください」

「あの人に会ったと言えば会ったことになるだろうし、会っていないと言えば会っていないことになるかもしれん。近藤さんという名は、後日、新聞で知ったんだ」

「ということは、海岸で見かけた近藤さんというのは、もう、話ができる情況ではなかったということですね」

伊原は刹那、浜に打ち上げられた近藤さんの遺体を発見して驚いているふたりの老人の姿を思い浮かべた。老人はためらいがちにうなずいた。

「わしたちが見つけた時には、息はもうしていなかった。きれいな顔をしていたよ。生きているようだった。なあ、ばあさん、おまえもそう感じただろう？」

「ええ、そうでしたね」

「ところで、近藤さんとは、どういう方だったのかな。新聞に載った記事では、確か、千葉県出身だったような……」

「偶然でしょうが、わたしの連れのこの女性の実家は神社で、近藤さんは氏子《うじこ》だったんです。数日前、ぼくたちは、近藤さんの奥さんに会いました」

「どうも、こんばんは。中里那奈と言います。わたしの実家は、伊原さんが言ったように、千葉の九十九里浜に近い東龍神社です」

老人は礼儀正しかった。那奈の名前を聞くだけで終わらせずに、自己紹介をした。

「わしは白鳥ミネと言います。つれあいのばあさんは、睦美《むつみ》です」

「近藤さんのご主人については、奥さんから聞いていました。ご主人も、赤玉を追っていたそうです」

「不謹慎かもしれんが、人生にはそういう面白い偶然があるもんだ。あんたらも近藤さんみたいにならんように、くれぐれも気をつけることだ」

「赤玉を取り戻した後ならまだしも、何も手にしないうちに亡《な》くなっては……。非業《ひごう》の死ということになりますね」

「それはどうだろうか。わしたちの目には、浜に打ち上がった近藤さんの顔が、穏やかで幸せそうに見えたんだ」

「本当に幸せだったとしたら、近藤さんは死ぬことで、赤玉を失った苦しみから逃《のが》れられたと感じたんでしょうか」

「わしはばあさんとそのことで何度も話し合ったよ」

「答えは？」

「あんたが考えたようなものでなかった。わしらが見た近藤さんは、抜《ぬ》け殻《がら》のようだった。美しい抜け殻だ。蟬《せみ》の抜け殻はきれいだろう？　きれいだけど、一目《ひとめ》で抜け殻とわかる。それと同じというのが、わしとばあさんの一致した答えだったんだ」

「近藤さんの遺体は、抜け殻だったと言いたいんですか？　まるでほかのどこかで近藤さんは生きているみたいに聞こえます……」

伊原はそれ以上追及はしなかった。堂々巡りになると容易に予想がついた。しかし、心は高揚していた。次につながるヒントをもらった気がした。

## 金の斧《おの》と銀の斧

午前零時を過ぎた。

二等和室はとうに消灯している。ひとつ間を置いて寝ている白鳥夫妻は時折掠れたいびきをかいている。

那奈は寝つけないようだ。伊原は横になった彼女と向かい合って目を合わせては離し、微笑んでは目を閉じた。

「那奈、まだ起きてる？」

「うん、眠くならないの。伊原さんも寝られないの？」

「船のこの微妙な揺れに、躯がまだ馴れないみたいだな……。那奈、どうせ眠れないなら、ちょっと寒いだろうけど、甲板《かんぱん》に出てみないか」

那奈を誘って、前方の甲板に出た。月の黄色がかった光がデッキを染めていた。ふたりきりだ。船は静かに波と闇を切って進んでいる。ふたりは寝巻き代わりにジャージ姿に着替えていた。

船は確実に南下しているけれど、やはり寒かった。ふたりは風を避けて、後部甲板に移った。そこにも人影はなかった。

「わたし、すっごく驚いたわ。白鳥夫妻って、いったい何者？　近藤さんの奥さんにこのことを教えてあげたいわ」

那奈は微笑むと、顔を寄せてきた。頬に軽くくちびるをつけると、デッキの手すりに両手をついてため息を洩らした。

「伊原さんとの旅って、いつも、不思議な旅になるわねえ。それはうれしいんだけど、困ったことがあるの。わかる？　時間や場所なんて関係なく、すっごく、したくなっちゃうのよ」

「おいおい、それって、今、したいってこと？」

「さあ、どうかしら……」

那奈は思わせぶりに流し目を送ってくると、ぴたりと上体を寄せた。色気のないジャージ姿だけれど、風になびく長い髪から、男の高ぶりを誘う匂いが湧き上がってくる。

女性独特の香りに、伊原の性欲にスイッチが入った。

勃起はしないが、股間は一瞬にして熱くなった。彼女の腰のあたりを抱く。女体のぬくもりが伝わってくる。彼女の息遣いが、高ぶりをさらに強いものにしていく。

「近藤さんのご主人、自殺じゃないかもしれないわね」

那奈は独《ひと》り言《ごと》を呟くように言った。伊原も薄々同じことを考えていた。白鳥老人が、遺体を抜け殻と言い表したからだ。

「那奈は知っているかな、金の斧、銀の斧の話のこと……」

「いきなり、何を言い出すかと思ったら、やっぱり、変だわ、伊原さんって」

「知ってる？」

「イソップ物語でしょう？　知っているわよ、当然。きこりが鉄の斧を池に落としたら、池の神が現れて、『おまえが落としたのは金の斧か？』と訊くのよね。違うと答えると、今度は銀の斧を持って訊くんでしょ？　それも違うと言うと、今度は落とした鉄の斧を持って現れて、それを落としたって言うのよね。神様はきこりの正直さに感心して、金と銀と鉄の三本の斧を渡してくれるっていう話だったかな。それで、それを知った別の欲張りなきこりがわざと斧を落として金と銀の斧を獲《と》ろうとしたけど、神様に見抜かれて、金と銀の斧を獲れないどころか、元々持っていた鉄の斧まで失ったわよね」

「それと似た話は、世界中にあるんだって。日本にもあるんだよ」

「どうして、今そんな話を持ち出すの?」

「近藤さんは抜け殻だったっていうことを聞いた時、彼は何か大切なものを海に落として、それを取りに行って、取り戻したんじゃないかって思ったんだ」

「溺れたのは事実でしょう?」

「そうだけど、肉体は死んだとしても、彼の魂のようなものが別の次元に行ったと考えられないかな」

「どういうこと?」

「伊原さんは、近藤さんが落とした大切なものは、赤玉だと考えているんでしょう? 落としたものを取って、どこか別の世界に行ったと思っているんでしょう?」

「突拍子《とっぴょうし》もないことを考えるんだな。ぼくは死んだら元も子もないって思っているから、赤玉と引き替えに死ぬつもりはないよ」

「それだったらいいんだけど……。さっきのあなたの表情からすると、近藤さんに追いつかなくちゃいけないって顔をしていたんだもの。ダメよ、そういう考えは……」

那奈は心配そうな目で囁くと、キスを求めてきた。舌の動きには、愛しさと不安が入り交じっていた。

彼女の不安を吹き飛ばすように、伊原は激しいキスで応じた。舌の付け根に痛みが走るのもかまわずに舌を可能な限り伸ばして、彼女の口の奥底に侵入した。強く抱きしめる。息ができなくなると文句を言われそうなくらいにきつく。肋骨《ろっこつ》が折れると心配な声があがるまで強く。それらすべての行動が、死ではなくて、生きるという方向に進んでいるのだと、不安に駆られている那奈に伝えるためだ。

ジャージの下に手を入れて、ブラジャー越しに乳房を揉む。寒さが入り込んだせいで、脇腹やみぞおちのあたりに鳥肌が立っている。それらを消そうとして、愛撫とは別に、肌に摩擦を加える。

熱くなっている股間が疼《うず》きはじめる。勃起はしないけれど、性的な興奮は全身を巡っている。那奈もそのことは重々承知している。

彼女は腰を落とし、膝を甲板につけた。

目の高さにある伊原の陰部を見つめる。頰をつけると、グリグリッと圧迫してくる。

「高千穂の聖池のことを覚えているかい？」

伊原は那奈の頭を撫でながら言った。彼女は陰茎に刺激を加えながらうなずいた。ほどよい快感が股間に広がった。船の揺れも心地よさを増幅させている。

「那奈には見えなかったけど、無数の赤玉は池の中にいた……。いつの間にか、池の底に穴が開いて、そこから赤玉が消えた。覚えているかい？」

「もちろん、覚えているわ。日本の男の人から離れた赤玉が、聖池に集まるんだろうという結論になったわね」

「集まった赤玉が池から消えたのは、再生するためだった。その再生の地が、天岩戸だった。それがぼくたちが得た次の結論だ。再生した赤玉は、今度は、戸隠に現れる。どういうわけか、高千穂と戸隠、それに、赤玉を探す最初の場所の伊勢の三ヵ所は、日本の地底に横たわっている中央構造線という断層の上にあった。しかも、戸隠と那奈の実家の東龍神社の二ヵ所とも、日本の地底を縦断しているフォッサマグナの東の際《きわ》だった」

「不思議ねえ、ほんとに……。赤玉って再生しても、すぐに、人の軀に入っていくわけじゃないのね」

「長い時間がかかるのか、一瞬なのか、ぼくにはわからない……」

「ところで、話は戻るけど、なぜ、聖池のことを持ち出したの？」

「金の斧の寓話《ぐうわ》と、池に集まった赤玉と、つながるような気がするんだよ」

「ぜんぜん。大切なものと水というのが共通なだけで、話の内容はまったく違っていると思うけどな」

「今はわからないけど、きっとつながる。予感がしているんだ」

「だったら、何か落としてみる？」

那奈は左手を挙げて、中指に嵌《は》めている指輪を見せつけた。伊原も試してみたい衝動に駆られたが、思いとどまった。それは、天岩戸の割れ目から現れた無数の赤玉が龍の姿になっていたことと、かつての日本にあった竜神信仰とが結びついたからだ。

竜神と漁業は深くつながっている。漁民は海に神がいると考えたのだ。竜神祭り、浦祭り、磯祭り、潮《しお》祭りなどと呼ばれる祭りが行われているが、どの祭りも豊漁を願って竜神を崇《あが》めている。

竜神信仰には犯してはならない禁忌《きんき》がある。そのひとつが、那奈が今まさにやろうとしていることなのだ。

「那奈、ダメだ。そんなことをしたら、龍が怒り狂うかもしれないぞ。金物《かなもの》だとか鉄のものを海に落とすのは、竜神を崇める者にとっては禁忌なんだ」

「禁忌って、タブーってことよね。タブーを怖れていたら、新しい価値観をつくりだすことはできないんじゃない？」

「ぼくは今、いにしえから伝わっている竜神信仰でのタブーについて言っているんだ。今ある価値観についてどうこうしようってことを話しているんじゃない。竜神が怒ったら困るじゃないか、やめてくれ」

「どうして？　竜神様って、海の神様なんでしょう？」

「忘れたのかな、那奈は。天岩戸の割れ目から現れた無数の赤玉は、龍の姿だった。それと同じ龍を、那奈は怒らせようとしているのかもしれないんだぞ」

那奈はようやく納得したようだった。不満げな表情をしながらもうなずいた。

「昔の人は、金物を落とした時、どんなことをしたの？　たとえば、今ここで落としたら？　拾えないでしょう？」

「物理的に無理だ。太平洋の大海原《おおうなばら》なんだから拾えっこない。昔はそういう場合、桶に綱をくりつけて海に投げ入れて、落とした金物を拾う真似をしたらしいよ」

伊原は日本人の習俗に関心があったし、図書館勤めということもあって、那奈に教えられるだけの知識を持っていた。

ほかにもたとえば、瀬戸内海《せとないかい》に面したある漁村ではかつて、

『竜神様、金物を落としたけえ許してつかあされ』

と、唱《とな》えながらお神酒《みき》を海に注いで、竜神に詫びたという。

那奈は膝をついたまま、深いため息をまた洩らした。海風に消されることなく、伊原の耳に届いた。

「ねえ、どうして、竜神は金物が嫌いなの？　神様なのに、そんなのって心が狭くない？　落とした人の気持になって欲しいと思わない？」

「那奈の文句はもっともだけど、当然、竜神には竜神なりの理由があるってことだ」

「どういう理由？」

「真面目《まじめ》な話になるんだけど、竜は蛇が発展した形だって考えられているんだ。で、蛇は鉄を嫌う。日本の蛇だけじゃなくて、世界的に同じような言い伝えがあるんだ」

「なぜ蛇は鉄が嫌いなの？　切り刻まれそうな気がするから？」

「当たらずとも遠からずってとこかな。蛇には魔力があると言われているんだけど、鉄にはそれを弱めたり無くしたり避けたりできる力があると信じられているんだ」

「そうか、だから竜神がいる海に金物を落としたらいけないんだ。竜神の力を削《そ》いでしまうのね」

今度こそ、那奈は納得したようだった。

彼女の手が股間に伸びてきた。ジャージが下ろされ、パンツから陰茎が引き出された。寒さのせいで陰毛の茂みに埋《うず》まるくらいに小さくなっていた。

しごかれる。皮がめくられ、笠があらわになる。彼女の指からぬくもりが伝わる。右手で数十回しごくと、今度は左手だ。

伊原は目ざとかった。

那奈が左の中指にしていた指輪が外されているのに気づいた。

「那奈、指輪をしていないようだけど、まさか、落としていないだろうね」

「そんなことはしません。ポケットに入れてあります」

「落としたら大変だから、嵌めておいたほうがいいよ。この暗さだと、甲板でも見付けられないんじゃないかな」

「だったら、ここに嵌めてみようかな」

彼女は冗談めかした弾《はず》んだ声で言うと、金色のファッションリングを、萎えた陰茎の先端にあてがった。

嵌まるはずがない。小さいとはいっても、女性の中指よりはずっと大きい。

「すごいことを考えるんだな。嵌まるとでも思ったのかい？」

「不可能だってわかっていたわ。実は、こうしたかったの」

那奈は言うと、坐ったままの恰好で指輪を闇に向かって放り投げた。

指輪は月光を浴びながら放物線を描いた。海原の夜の闇は、指輪の輝きを際立たせるのにふさわしい美しい後景となった。

指輪は海に落ちた。

海でやってはいけないいちばんの禁忌だ。

何も起きなければいいが……。

伊原は那奈を怒ることも忘れて、陰茎をしまい、月明かりに照らされている海をしばらく見つめていた。

竜神《りゅうじん》と青龍《せいりゅう》
かめりあ丸は闇を切り裂いて進んでいる。

海に変化はない。

伊原は心のどこかで、竜神が指輪を拾って自分たちの目の前に現れることを期待していた。しかしそれは、三分経っても五分経っても現実のものにはならなかった。

それを期待していたのは、那奈も同じだった。期待ということでいうと、那奈のほうが強かったかもしれない。指輪を海に投げ入れるという、伊原には思いつかないことをしたのだから。

「指輪を海に落としてから、どれくらい経ったかしら」

那奈の問いかけに、伊原は指を五本立てて見せた。五分経ったという意味だ。

「竜神にとっての禁忌だったはずなのに、何も起きないのね……。迷信とか言い伝えの類《たぐい》だったのかなあ」

「決めつけるのは性急過ぎるよ、那奈。これまでだって、いくつもの不思議なことが起きていたじゃないか」

「冷静に考えてみると、これまでの不思議なことって、わたしたちが想像する範囲を超えることばっかりだったわね。そう考えてみると、竜神が現れるかもしれないっていう、わたしたちが想像したようなことは起きないのかな」

那奈の言い方は複雑で回りくどかったけれど、伊原は理解した。確かに彼女の言うとおりだ。これまでも、想像できる程度の簡単なことは、起きていない。目の前に現れる出来事はいつも、想像の範囲外の、常識では計り知れないことばかりだった。

午前二時半を過ぎた。

寒さが肌を刺していく。南下しているとはいっても、寒さが緩むことはない。それなのに、那奈は船室に戻ろうとしなかった。青龍としての予感なのか、女の勘なのか。

東の空を那奈が指し示した。

「見て、伊原さん。すごい、すごいわ」

思いがけず現れた流星群だった。

無数の流れ星が東から西にかけて流れていく。この流星群が何という名なのかわからないが、こぐま座流星群でないことは確かだ。十二月二十六日を最後に、こぐま座流星群が見えなくなったと報道しているテレビ番組を観ていたからだ。

「きれいだね、すっごく……。東京にいる時に見たこぐま座流星群は、東京が明る過ぎて、よくわからなかったけど、この闇の中で見ると流星群は花火みたいだな」

「ほんと、花火そのもの」

流星群は西の空の果てで消えた。伊原の目には龍のように見えなくもなかったが、それはあり得ないと結論づけた。赤玉は女性の目には映らないからだ。

「さっき見た流星群って、赤玉の群れではないの？」

「違うな、残念ながら。赤玉が見えるのは男だけだろう？　今見た美しいモノは、その原則から外れているよ」

「ああっ、そうだった。ごめんなさい、わたし、興奮しちゃって……。ついつい、いろんなことをすべて赤玉に結びつけちゃう癖《くせ》がついたみたい」

「それって、うれしいような、うれしくないような、複雑な気持にさせられるな。自分が言うならまだしも、好きな女に言われるとなあ……」

「好きな女だなんて、ふふっ。伊原さん、素直ね、ずいぶん」

「そうかな」

「わたし、前々から、あなたが変わってきているなあって気づいているの。どんなことか、言ってもいい？」

「悪口でないなら聞きたいな」

「わたしに対して、すごく素直に気持を明かしてくれるの。今までだと、しぐさや素振りで、おれの気持を推し量《はか》れっていうスタンスだったでしょう？　赤玉が軀から離れていってしばらく経ってからかなあ、変化がわかるようになったのは」

「勃起しなくなったことで、無意識のうちに、負い目を感じるようになったからかな」

「わたし、正直言って、今のあなたのほうが好き」

「まいったな。それって、赤玉が戻ってこなくてもいいっていう意味か？」

「ひねくれたことを言わないの。戻ってくれたほうがいいに決まっているじゃない……。

こういう会話だって、今までとは違うの。こんなふうに話なんかしなかったでしょう？あなたは気に入らないことがあると、不機嫌な顔をするだけで黙っていたのよ」

「そうだったかな。ぼくはどんな時でも、那奈と会話してきたつもりだけどな」

「もう、いい気なもんねえ。あなたの機嫌を直すために、わたしがどれだけ気を遣って話しかけてきたか」

那奈は愛情のこもった表情を浮かべながら、憎らしそうに睨んできた。

そんな彼女に、伊原は一瞬にして欲情した。寒風に晒されて冷えきった軀がカッと熱くなり、腹の底に性欲がたぎった。勃起はしないが、那奈に欲望をぶつけたいという強い衝動が芽生えた。

「那奈、もう少し、甲板にいていい？　さっきのつづきをしたいんだけどな」

「つづきって？　竜神伝説についての解説？　それだったらもう勘弁かな」

那奈が大げさにうんざりした顔をしたので、彼女の手首を摑んで陰部に導いた。そこは、性欲で熱くなっていた。

「したくなっちゃったんだよ。できるかどうかわからないけど、とにかく、したくなった。だから、なっ、つづきをしようよ」

「そういうことだったら、いいわよっ。寒さを吹き飛ばせそうね」

ふたりはさっきまでいた場所に戻った。客室に向かうドアの反対側に位置しているところで、ドアが開けば、どこからも死角になる場所だ。しかも、死角というのは風に吹き晒されることもない。

那奈を抱きしめた。「つづきをしたくなっちゃった」と言っただけに、伊原は乱暴に思われてもいいくらいにきつく抱きしめた。

「ちょっと待って、伊原さん。苦しいから、腕を緩めて」

「ぼくの性欲が、那奈を強く抱きしめろって命令しているんだ。抱き合うなんていう中途半端なことをするなって」

「わたしの気持とは関係ないの？」

「男の性欲っていうのは、時には、自分勝手になるんだよ。それくらい、わかっているだろう？」

「わかっています。だから、わたしも愉しめるの。あなたが自分勝手なセックスをすればするほど、わたしも興奮するの。わかる？　それがどういう心理か。男に蹂躙《じゅうりん》されているっていう気持で興奮するのと、身勝手な男に従っているということで満足度が深くなったりするの」

「複雑なんだな、那奈は」

「そういう複雑さを持っていないと、あなたのような人についていけないんですよ」

「そうかな？　那奈の場合、複雑な男が相手でないと、ついていく気にならないんじゃないか？」

「こういう時、見抜かれているとでも言えば、あなたは満足するんでしょうね」

「わかっているじゃないか。でも、ぼくの場合は、さらにこうしてもらうと、満足度は高くなるんだ」

伊原は腕を解《ほど》いて那奈を離すと、彼女の両肩に手を当てて押し下げた。フェラチオして欲しいという意味を込めたしぐさだ。那奈はすぐに察して、腰を落とした。

萎えた陰茎はすぐにパンツから引き出された。手慣れたものだ。勃起している時は慎重に扱ってくれたが、今は意外とぞんざいだ。

両手で包み込むように、陰茎を握る。てのひらで圧迫する。そして、錐《きり》を扱うように、左右の手を上下させる。愛撫とは言い難《がた》い。痛みばかりを感じるけれど、それでも、彼女の慈しみや愛情が伝わってくる。

萎えている陰茎だから嫌いという気持ではない。勃起させるためだけの愛撫でもない。萎えていようがいまいが、那奈は陰茎に愛情を注いでいる。

「勃たなくても気持がいいんだなあって、最近になって、わたし、ようやくわかるようになったの。これが証拠よね？」

「今ごろになってわかったわけか。まいったな、ずっとそう言ってきたつもりだけどな」

「女って、勃起していることを最大の愛情表現だって思い込んでいるの。誰に刷《す》り込まれたかわかる？」

「女が勝手に思ってきたことだよ」

「違うのよ、それが。わたし、気づいたの。剃り込んだのは男の人だって。ということはつまり、男の人は自分で自分の首を締めていたわけよね」

「そうかな。女は男のモノは硬くて大きいほうが好きだろう？」

「それって、比較の問題でしょう？　好きな人であれば、おちんちんが小さかったり、勃起しなかったとしてもかまわないって思う女の人は多いはず。セックス好きの女の人は無理でしょうけど」

「おいおい、気持が揺らぐようなことを言うんだな。赤玉を追うのをやめてもいいみたいに聞こえるぞ」

「そうではないに決まっているでしょう。わたしはあなたに諦めずに最後まで追い求めて欲しいと思っています。だから、ついてきているの。わたしは青龍。東を守るために生まれ育ったのよ。あなたを見捨てたりしませんから」

「東を守る青龍が、なぜ、ぼくを見捨てないのかな。ぼくなんて、ちっちゃな存在だろう？　青龍なんだから、もっと大きな視点で見るもんじゃないかい？」

「わたしはそういう視点で見ています」

「そうかなあ……」

伊原は天を仰いだ。これでは堂々巡りだ。青龍が実際にどんなことをしているのかわからないが、とにかく、大きな視点から見ていることは確かだ。

そうだとしたら、どこにでも転がっていそうな平凡な男の勃起不全につきあうことはない。卑下しているのではない。自分の役割は何かわからないが、那奈にも代々伝わってきている役割がある。それを全《まっと》うすべきだと思うのだ。

「わたしに与えられた使命は、あなたをもり立てることだと思っています。だから、わたしに気を遣って、わたしを遠ざけるようなことはしないで」

「わかった、わかった」

「いえ、わかっていません。ここのところだけは、真面目に聞いてください」

「那奈の気持は伝わっているから、安心していいって……。勃起できない男をもり立てるのが役割の女なんだよな。それが、きっと、青龍という役割にもつながっているんだよな。そういうことだろう？」

「まあ、そういうことかしら。順番は逆だけど、いいわ。わたしのことがそこまで理解できているなら」

那奈はようやく納得したようだった。てのひらで包んでいる陰茎を離すと、今度は、顔を寄せた。

陰茎を口にふくんだ。

舌先で、笠を半分ほど覆っている皮をめくりあげる。皮の内側をこそぐように舌を這わせる。指先では幹の付け根を握ったり緩めたりを繰り返す。てのひらでふたつの敏感な肉塊を撫でる。くちびるで笠全部を呑み込んだり、陰茎の付け根まで頬ばったりして、陰茎への刺激に変化をつける。

「ほんとに気持いいんだよ。勃たないのは、那奈のせいじゃないからな。そのことだけは、勘違いしないでくれよ」

「わかっています。さっき、勃起することだけが愛情表現だと思っているのは男だけだって言ったでしょう？　その刷り込みから、伊原さんもそろそろ抜け出したほうがいいんじゃない？　楽になるわよ」

「頭では理解できるけど、勃起するってことは男の自負の源になるし、見栄《みえ》を張れるところだから、その考えを捨てられるかなあ……」

「捨てろとは言ってないわ。ただ、勃起に重きを置くのはやめたほうがいいって言っているの」

「だったら、努力してみるよ」

「そうよ、その調子。やっぱり、伊原さんは素直になったわ。昔だったら、こういう話どころか、話題すら出せなかったもの」

「那奈だって、素直になったよ」

「ふたりは仲良しってことね」

「そうだよ。だから、今度は、ぼくが那奈を愉しませる番だ」

那奈を立たせると、伊原が今度は腰を落とした。那奈のジャージを足首まで脱がした。パンティを膝まで下げて、陰部を剝き出しにした。

陰毛の茂みは潮風で南から北に、右から左になびく。月光を浴びて、陰毛の節《ふし》が鈍く輝く。白い肌がそれをさらに際立たせる。

美しさと妖しさに満ちている。今までの那奈にはない妖艶さに思えた。

女は変わるものだとつくづく思う。しかもそれは、男の自尊心をくすぐる変化なのだ。そして、それを変えさせているのが自分だということが誇らしい。

「ぼくが変わったように、那奈もすごく変わったね。大人の女の軀になったんじゃないかなあ」

「バカにしているの？　わたしはこれでも二十八歳の大人なんですからね。今さら、大人になったって言われて、誉められていると思えるわけないでしょう？」

「でも、変わったのは確かだ」

「あなた好みの女になったということじゃないかしら」

「そうだといいけど、青龍としての自覚が生まれてきたのが、変化の理由かもしれないだろう？」

「そういうことって、振り返った時にわかることで、変化している時にはわからないと思うわ」

「当事者にはわからなくても、ぼくにはわかる。那奈は成熟してきた。赤玉を追うことで成熟したのかもしれない」

「伊原さんのエッチがわたしを育てたのかもしれないでしょう？　そのほうが、うれしいんじゃない？」

「育てたかどうかわからないけど、那奈の性に対する考え方の縛りを解放してあげられたという自負はある。最初のころは、性欲を晒すことができなかったし、奔放にも振る舞えなかったものな」

「女子高生の制服を着たし、ＳＭプレイまがいの拘束着《こうそくぎ》をまとったり、人目につきそうなところでエッチもしたわ。ふたりでいろいろなことをしたけど、わたしがいちばん刺激を受けたのが、何か、わかる？」

「全部、という答えはどうだい……」

那奈を見上げると、彼女は首を横に振った。

妖艶な眼差しは変わっていなかった。それどころか、さっきよりもその色合いは深くなっていた。性欲のみなぎりが、瞳から噴き出しているようだった。

「あなたと赤玉を追いかけている時のセックスがすごく気持よかった。だから、今も最高なの……」

「勃起不全のセックスが刺激的だと言われても、素直に喜べないぞ」

「喜ばないと、ダメ。あなたにとってはどんなこともすべてが必然なんだから、必然に起きていることを受け入れて喜ぶべきなの」

伊原は必然という言葉を出されたことで、那奈を受け入れた。

神津島を目指していることも、デッキでこうして那奈の割れ目を舐めていることも、すべてが必然なのだ。自分の意思とは別の意思の導きとしか考えられない。

割れ目を舐める。舐めたいという気持が募っていた。こうした高ぶりも必然だと考えると、単なる性欲ではなくて、何かの意味のあることだと思えてくる。性的な感覚だけが鋭くなるのではなくて、五感すべてが鋭くなっていく。

「ねえ、見て。流星群がまた夜空に広がりはじめたわよ」

「舐めているから、見られないよ」

「いいから、休んで見て」

「もうちょっと待って」

「すごい光景だから、早く、見て」

伊原は振り返った。

「あっ」

短く呻いて息を呑んだ。

夜空に輝いていたのは、龍のような形をした流星群だった。

東の空から西の空に、何百、何千という数の星が流れていた。それは同時に、漆黒の海原にも映り込んでいた。

しかし、伊原には、海原のほうが本物で、夜空に見えているのは本物を映しているだけに思えた。

「海にも流星群があるみたいだな。なあ、那奈」

「何、海の流星群って？」

「映り込んでいるじゃないか」

「見えないわ、わたしには」

伊原はそれを聞いた刹那、鳥肌が立った。

海に瞬《またた》いているのは流星群ではない。

赤玉の群れだ。

海原《うなばら》の性欲。

赤玉の群れは龍の形になって、海面すれすれを動いている。

かめりあ丸とはつかず離れずの間隔でついてくる。その姿は、イルカが船の舳先《へさき》で跳ねながらついてくるのに似ている。

天空では流星群が瞬き、漆黒の海原には赤玉の群れがいる。自然はこんなにも美しいものをつくったのかと驚く。しかし、伊原はすぐに、赤玉の群れがつくる龍は、流星群とは別の次元のものだと思い直した。

「あなたが高千穂で見た龍は、天岩戸から出て、夜空を舞ったはず。今度は、海の中で舞っているのね」

那奈は海原に視線を遣《や》った。

龍が舞う場所が違っているということに、深い意味があると考えていた。でも、結論は出せない。手応えのようなものはあったが、摑み取ることはできない。

伊原は那奈を見た。腰を落としているから、目の前に広がっているのは、彼女の縦長の濃い陰毛の繁みだ。

数分前に舐めて濡れた陰毛は今もまだ湿っている。海風に陰毛が細かく揺れる。何度舐めても新鮮な気持になる。生々しくて芳しい匂いが鼻先を掠めて飛んでいく。

「ねえ、もっと舐めて……。高千穂の時と同じように、わたしたちの仲がいいところを、龍に見せつけてあげましょうよ」

「そのつもりだ。今そこにいる龍の中に、ぼくの赤玉がいるかもしれないからな。すごく濃厚なセックスを見せつければ、赤玉は興奮して那奈に食らいつくかもしれないからな」

「わたしになんて、食らいつく？」

「当然だよ、ぼくの赤玉だったら」

「わたし、この前の時よりも、すごく責任を感じる……。赤玉が来なかったら、わたしに原因があるってことになるでしょう？　赤玉に魅力的と思われるには、どうしたらいいのかしら」

「とにかく、やってみようよ。結果を怖れていたら、何もできなくなるぞ」

伊原は舌を差し出して、陰毛をすっと舐め上げた。潮の匂いが口に入り込んだ。もわりとした温かさが、繁みから湧き上がった。

クリトリスを目指して、尖らせた舌を割れ目の端《はし》に這わせる。丹念に左右の肉襞を舐める。閉じている肉襞をめくっていく。那奈が興奮しているのが表情や声音で確かめなくてもわかる。那奈の膝が何度も落ちそうになっている。

クリトリスを探り当てた。

那奈の軀がビクンと跳ねた。小さな呻き声とともに、膝が細かく震えだした。

「那奈、全裸になってくれるかい。赤玉に艶めかしい女の真の姿を見せたいんだ」

「あなたの気持はわかるけど、すごく寒いから、ちょっとだけで勘弁して。ねっ、いいでしょう？」

彼女の言うとおりだ。伊原はうなずくしかなかった。東京から南下した海の上とはいえ、大晦日《おおみそか》になったばかりのこの時季に裸になるのは厳しい。

那奈は素早く全裸になった。パンプスも脱いだ。月光が彼女の鳥肌を浮き彫りにした。それでも美しかった。これも、自然がつくりあげた美の奇跡だ。

豊かな乳房には、男の性欲をかきむしるような迫力がある。月光が乳房の下辺につくりだしている青い影の妖しさが、乳房が秘めた性の強烈な魅力となっている。

「後ろを向いてごらん。ぼくにお尻を向けて、デッキの手すりに両手をつくんだ。赤玉の龍に、那奈の魅力たっぷりのおっぱいを見せるんだよ」

「見せる前に、入れて。奥までは無理でも、入口を塞いで」

「やってやるよ。でも、後ろ側から那奈の大切なところに挨拶した後だ」

那奈は言われたとおりに両手を手すりについて上体を折った。足は八十センチほど開いている。伊原はデッキに坐り込んで、彼女のお尻に顔を寄せた。

お尻はひんやりとしていた。波を切って進む大型船のわずかな振動もそこから感じられた。厚い肉襞とうるみは生温かい。

鼻の先で肉襞をめくった。とろりとうるみが流れ出る。舌先で受け止めると、口の底で唾液と混じり合った。軀の芯まで温まる。それが性欲を喚起していく。

「ああっ、わたし、立っていられない……。きっと、誰かに見られているわ。なんて、いやらしいの、わたしたちって」

「神津島に行くと決めた時から、こういうことをやってみたかったんだ。那奈だって、期待していたんだろう？」

「寒いのに、わたし、とろけそう……。海風って、寒いけど意外と肌にやさしいの。伊原さんも裸になってみたら？　わたしの言っている意味がわかると思うわ」

伊原はためらわなかった。即断だった。自分の軀の奥から湧き上がってくる性的な衝動に従った。見られたらまずいとか、警察沙汰《ざた》になったらどうしようといった不安は心の片隅に追いやった。

素早く全裸になった。ジャージや下着が風で飛ばされそうになると、那奈が自分のものと一緒に束ねた。

「ねえ、どう？　意外と寒くないでしょう？　海風ってやさしいのね」

「冬の場合、陸の上よりも海の中のほうが暖かく感じるらしいよ。だけど、今は那奈がいちばん温かいな」

「わたしの中のほうがもっと温かいんじゃないかしら。ねえ、きて」

「できないけど……。それでもいい？」

那奈は突き出したお尻を、左右に小さく揺すった。お尻も割れ目もウエストのくびれも背骨の凹みの翳《かげ》も、男の欲望を誘っていた。船上の彼女は今まで以上にエロティックだ。

陰茎を割れ目に押し付けた。張りのない陰茎の先端がぐにゃりとよじれた。ふぐりがだらりと垂れ下がり、強い風に揺れた。

挿入はやはり無理だ。那奈の張りのあるお尻のほうがよっぽど弾力がある。せつなかったが、満足感が満ちていた。これは強がりでも負け惜しみでもない。

那奈との強い一体感が深い満足感になった。

萎えた陰茎とお尻がぴたりと密着すると、ふたりの粘膜とぬくもりがひとつになる。気持がすっと通じ合う。警戒心がなくなり、肉の快楽と心の快楽が溶け合っていく。そうなった時、勃起でしか味わえない気持よさに、萎えた陰茎でも浸れるのだ。

「ねえ、伊原さん、どんな気分？」

「いい気持だ。皮肉だと思わないか、赤玉がなくなったおかげで、こんなに気持よくなれるなんて……」

「それって、どういうこと？　なくしてよかったみたいに聞こえるけど」

「赤玉が軀の中から出ていって初めて、ありがたみがわかるんだよ。たとえば、大好きな人と別れた後になって、いかに大切な人だったかがわかると言ったらわかるかな」

「たとえを別れ話にすることはないでしょう？　それとも、わたしと別れたいの？」

「まったく関係ない話を加えて混ぜ返さないでくれよ……。ぼくが言いたいのは、赤玉は何かの真理をぼくに教えようとしている気がするってことなんだよ」

「考え過ぎじゃない？　赤玉はおちんちんが勃起するのに必要なエンジンだったという話でしょう？　あなたは軀から消えたエンジンを探しているんじゃないの？」

「そうだよ。いや、違う。今まではそうだったと言い直したほうがよさそうだ」

龍になった赤玉の群れを目の端に入れているうちに、自分は赤玉を取り戻すためだけに追っているのではない気がしてきた。

赤玉を追っているようでいて、赤玉に誘導されているのではないかと思ったのだ。

龍の形になった赤玉がかめりあ丸につかず離れずいるのは、追いかけたいというやる気や情熱を燃え上がらせようとしているのだ。そして、赤玉を失ったことで得られるものがあることに、気づかせようとしているのだ。

「違うって言ったけど、赤玉にはほかにどんな力があるの？」

「単に肉の快楽のために必要なツールであって欲しくはないよ。だって現にぼくは今、赤玉がなくても、すごくいい気持になっているんだからね。萎えているのに挿入らしきものもできているし、挿入している時と同じかそれ以上の快楽に浸っているんだよ」

「信じるわ、あなたを」

陰茎の芯が熱くなってきた。勃起の兆しではない。男の本能が快楽を喜んでいるのだ。これこそ、赤玉が教えようとしていることかもしれない。

彼女から離れて、陰茎を見遣った。

期待しなくてよかった。陰茎は萎えたまま、だらりと垂れ下がっていた。月光の明かりの下では、股間に揺れているのが陰茎なのかふぐりなのか見定められなかった。

白波が立った。

海原に変化が起きていた。伊原は思わず声をあげた。

「あっ、出てきた。やっぱり、何かを教えようとしているんじゃないかな」

海の中の龍が天に昇るように夜空に向かいはじめた。

全長百メートル以上はありそうだ。勇壮な姿に驚愕の声が洩れた。それを形づくっているのは直径五センチから十センチほどの赤玉だ。

伊原は那奈を直立させて、背後から抱きしめた。挿入らしきものはつづける。体位を変えたのは、赤玉の龍に那奈の姿を見せつけるためだ。

豊かな乳房を下から持ち上げて、豊かさを強調した。股間を突き込むことで、彼女の陰部をあらわにした。喘ぎ声があがるように、彼女の性感帯のひとつの耳たぶの裏側をすっと舐めあげた。

自分の赤玉がせつなく妖しい声を聞いて、龍から離れるかもしれない。

天岩戸の時には三つの赤玉が現れた。あの時と同じ龍なのかも、自分の赤玉が加わっているのかどうかもわからない。それでも、やってみる価値はある。

「那奈、もっと足を開いて、龍に見せてあげるんだ。ほら、大切なところを剝き出しにしてごらん」

「ああっ、恥ずかしい……」

「もっと大胆にしなをつくってごらん。赤玉をおびき寄せるんだ」

「相手がわかればできるだろうけど、わたしには龍が見えないの。ひとりでエッチなポーズをつくっている気がするの」

「いるよ、龍が今、那奈の目の前に……。興味を持ったみたいだ。大きく見開いた両眼で、割れ目を見つめているよ」

「出てきた？　あなたの赤玉、出てきた？」

「まだだけど、龍は間違いなく見ているよ。まったく目を逸らしていない。食い入るように見つめているぞ」

「わたし、恥ずかしい」

　那奈は上体をよじった。そこに龍がいた。背中に生まれる皺と影が、那奈の軀と心に刻まれている青龍の姿を浮き彫りにしているようだった。二頭の龍がシンクロしている気がした。そうだ、那奈は青龍だ。

「食い入るように見ているって言ったけど、睨んでいるんじゃないでしょうね」

「どうして？　青龍と赤玉の龍は、まさか、敵対関係にあるんじゃないよね」

「わたしには味方とか敵という意識はないの。ただ、東から入ってくる邪悪なものに対して防御しているだけよ」

「実際に、邪なものが入り込んできたことはあったのかい？　那奈はそれをどうやって排除したのかな」

「わたしが引き継ぐことになっているけど、今はまだ祖母がその役割を担っているわ。一度、祓《はら》っているところを見たことがあるけど、祈っていたわ。ひっくり返って、昏睡《こんすい》したかと思ったら、突然起きだしてすっごく大きな声をあげて、わたし、びっくりした」

「赤玉の龍が近くにいても、那奈の青龍の血は反応しないんだね？　ということは、邪悪なものではないと思っていいな」

「そうね、確かに。祖母が戦っている時、わたしの背中の龍も興奮したわ。その時は、見てはいけないものを盗み見たっていう罪悪感に軀が熱くなったと思っていたけど、違ったみたいね」

「赤玉の龍は、ぼくたちに何か言おうとしているんじゃないかな。那奈はわかるかい？」

「ごめんなさい。わたしには感じられない。ただ、今ここにいる龍は南の方角に向かっているのは確かよ。方角を司る者として、それだけは断言できる」

「ほんとに？　南っていうと神津島だね。やっぱり、何か秘密があったんだ」

「今さらそんなことを言うなんて可笑しいわ。あなたは必然を信じているんでしょう？だったら、神津島には必ず何かがあると信じるべきよ」

「赤玉の龍が天空を泳ぎはじめた。きれいだ、すごく……」

龍は紅色に発光しながら夜空を明るく染めている。流星群の瞬きと重なるたびに、美しさは神秘的になった。

那奈の背中の龍も輝きを増した。伊原の目の錯覚ではない。赤玉の龍に感応しているようだった。

「ねえ、して、もっと気持よくして。わたし、体中が熱いの。変になりそう。寒いはずなのに、ちっとも感じないの。熱くて汗が出ているくらい」

「青龍が、赤玉の龍に誘いを受けているからかな。赤玉の龍は男だろうからね」

「わたし、いきそう」

「おい、本当か？　ぼくは何もしていないぞ。情けないモノを那奈のお尻にくっつけているだけじゃないか」

「ああっ、すごいの、わたし。いっちゃいそうよ。ああっ、気持いい……」

背中の龍は飛び出さんばかりにうねっている。彼女の高ぶりが生んでいるのか、龍のうねりが背中をよじらせているのか。

那奈は絶頂に昇った。

背中の龍は輝いた。比喩《ひゆ》として表しているのではない。龍は物理的に輝きを放った。そして那奈は昇った。赤玉の龍も、流星群の瞬きの向こう側に向かって昇っていった。

すべてが現実だった。

伊原と那奈は神津島に向かっている。

## 赤玉の行方

赤玉とはいったい何だろう。

伊原はつくづくその不思議さに感じ入った。

魂は肉体が滅《ほろ》んだ時に出て行く。赤玉は肉体が滅ぶ前に出て行った。

肉体を出た赤玉は、高千穂の聖池に集まる。再生のために必要なエネルギーを得るためなのか、まったく別の赤玉として生まれ変わるためなのか。

赤玉は聖池にいつまでもいるわけではない。どういうタイミングかわからないが、池の底を抜けて、次に天岩戸に入る。個人的なもののはずなのに、軀をいったん出てしまうと、個人を超越するのか。

赤玉が天岩戸から出る時は、龍の形の集合体に変身を遂げる。赤玉一個ずつに意識がありながら、ひとつの大きな形としての意識に従って行動するようだった。

赤玉の龍は次に、長野県の戸隠に現れる。岩戸が投げ飛ばされた地としてその名を残している戸隠だ。やはりそこにも、池があった。鏡池という澄んだ池だ。

鏡池で目撃できたのは、龍ではない。無数の赤玉だ。戸隠で終わりではなかった。千葉にある東龍神社に導かれ、暗示を受けた。そこは、行動を共にしてきた那奈の実家だった。そして、那奈は東の方角を守る青龍でもあった。

ふたりが辿ってきた道程は、日本の中央構造線であり、フォッサマグナでもあった。

神津島は近い。

赤玉の龍も神津島に向かっている。

何かが待ち受けている。伊原は確信していた。神津島は、赤玉を追うたびに起きる必然が導いた結果だ。

この作品は月刊『小説ＮＯＮ』（祥伝社発行）平成二十一年七月号から二十三年五月号までの「彼は終わらない」と題した連載に、著者が刊行に際し、加筆、訂正したものです。

——編集部

# 神崎京介著作リスト

| | | | |
|---|---|---|---|
| 122 | 禁秘 | 祥伝社文庫 | 平23. 7 |
| 121 | 女薫の旅　空に立つ | 講談社文庫 | 平23. 6 |
| 120 | 新・花と蛇 | 講談社 | 平23. 5 |
| 119 | 男たるもの　えんまんにす | 双葉文庫 | 平22.12 |
| 118 | 未経験 | 光文社文庫 | 平22. 9 |
| 117 | 男でいられる残り | 祥伝社文庫 | 平22. 7 |
| 116 | エリカのすべて | 光文社文庫 | 平22. 6 |
| 115 | 男たるもの　おれなり | 双葉文庫 | 平22. 6 |
| 114 | 男たるもの　たらしたれ | 双葉文庫 | 平22. 3 |
| 113 | 貪欲ノ冒険 | 祥伝社文庫 | 平22. 2 |
| 112 | 女薫《にょくん》の旅　奥に裏に | 講談社文庫 | 平21.11 |
| 111 | さよならから | 幻冬舎文庫 | 平21.10 |
| 110 | さよならまで | 幻冬舎文庫 | 平21.10 |
| 109 | 秘術 | 祥伝社文庫 | 平21. 7 |
| 108 | S×M | 幻冬舎文庫 | 平21. 6 |
| 107 | 夜と夜中と早朝に | 文春文庫 | 平21. 5 |
| 106 | 不幸体質 | 新潮文庫 | 平20.12 |
| 105 | けだもの | 徳間文庫 | 平20.12 |
| 104 | 利口な嫉妬 | 講談社文庫 | 平20.11 |
| 103 | 男たるもの | 双葉文庫 | 平20.10 |
| 102 | ぼくが知った君のすべて | 光文社 | 平20. 6 |
| 101 | 関係の約束 | 徳間文庫 | 平20. 6 |
| 100 | 女薫の旅　青い乱れ | 講談社文庫 | 平20. 5 |
| 99 | I　LOVE | 講談社文庫 | 平20. 3 |
| 98 | 想う壺 | 祥伝社文庫 | 平20. 2 |
| 97 | 成熟 | 角川文庫 | 平20. 1 |
| 96 | 本当のうそ (ほかの著者とのアンソロジー) | 講談社 | 平19.12 |
| 95 | 女薫《にょくん》の旅　今は深く | 講談社文庫 | 平19.11 |
| 94 | 女盛り | 角川文庫 | 平19.10 |
| 93 | 性《しょう》こりもなく | 祥伝社文庫 | 平19. 9 |

92　男でいられる残り　祥伝社　平19. 7
91　女だらけ　角川文庫　平19. 7
90　女薫《にょくん》の旅　愛と偽り　講談社文庫　平19. 5
89　密室事情　角川文庫　平19. 4
88　*h*＋α（エッチプラスアルファ）　講談社文庫　平19. 3
87　*h*＋（エッチプラス）　講談社文庫　平19. 2
86　*h*（エッチ）　講談社文庫　平19. 1
85　五欲の海　多情篇　光文社文庫　平18.12
84　渋谷ＳＴＡＹ《ステイ》　トクマ・ノベルス　平18.12
83　女薫の旅　欲の極み　講談社文庫　平18.11
82　美しい水　幻冬舎文庫　平18.10
81　横好き　徳間文庫　平18. 9
80　女の方式　光文社文庫　平18. 8
79　東京地下室　幻冬舎文庫　平18. 8
78　禁忌（タブー）　角川文庫　平18. 7
77　みられたい　幻冬舎文庫　平18. 6
76　官能の時刻　文藝春秋　平18. 5
75　女薫の旅　情の限り　講談社文庫　平18. 5
74　愛は嘘をつく　女の幸福　幻冬舎文庫　平18. 4
73　愛は嘘をつく　男の充実　幻冬舎文庫　平18. 4
72　ひみつのとき　新潮文庫　平18. 3
71　盗む舌　徳間文庫　平18. 2
70　不幸体質　角川書店　平17.12
69　女薫の旅　色と艶と　講談社文庫　平17.11
68　吐息の成熟　新潮文庫　平17.10
67　五欲の海　乱舞篇　光文社文庫　平17. 9
66　大人の性徴期　ノン・ノベル（祥伝社）　平17. 9
65　関係の約束　ジョイ・ノベルス（実業之日本社）　平17. 6
64　性懲《しょうこ》り　ノン・ノベル（祥伝社）　平17. 5
63　女薫の旅　禁の園へ　講談社文庫　平17. 5
62　「女薫の旅」特選集＋完全ガイド　講談社文庫　平17. 5
61　五欲の海　光文社文庫　平17. 4

| | | | |
|---|---|---|---|
| 60 | 好きの味 | 主婦と生活社 | 平17. 3 |
| 59 | 化粧の素顔 | 新潮文庫 | 平17. 3 |
| 58 | 五欲の海　多情編 | カッパ・ノベルス | 平17. 2 |
| 57 | 女のぐあい | 祥伝社文庫 | 平17. 2 |
| 56 | *h*＋α | 講談社 | 平17. 1 |
| 55 | 女薫の旅　秘に触れ | 講談社文庫 | 平16.11 |
| 54 | 好きの果実 | 主婦と生活社 | 平16.10 |
| 53 | ぎりぎり | 光文社文庫 | 平16. 9 |
| 52 | *h*＋ | 講談社 | 平16. 8 |
| 51 | 横好き | トクマ・ノベルズ | 平16. 8 |
| 50 | 忘れる肌 | 徳間文庫 | 平16. 7 |
| 49 | 愛は嘘をつく　男の事情 | 幻冬舎 | 平16. 6 |
| 48 | 愛は嘘をつく　女の思惑 | 幻冬舎 | 平16. 6 |
| 47 | 女薫の旅　誘惑おって | 講談社文庫 | 平16. 5 |
| 46 | 女の方式 | カッパ・ノベルス | 平16. 4 |
| 45 | ひみつのとき | 新潮社 | 平16. 4 |
| 44 | 盗む舌 | トクマ・ノベルズ | 平16. 3 |
| 43 | 密室事情 | 角川書店 | 平16. 3 |
| 42 | *h* | 講談社 | 平16. 2 |
| 41 | 男泣かせ | 光文社文庫 | 平16. 1 |
| 40 | 好きのゆくえ | 主婦と生活社 | 平15.12 |
| 39 | 女薫の旅　耽溺まみれ | 講談社文庫 | 平15.11 |
| 38 | おれの女 | 光文社文庫 | 平15. 9 |
| 37 | 吐息の成熟 | 新潮社 | 平15. 7 |
| 36 | 五欲の海　乱舞篇 | カッパ・ノベルス | 平15. 6 |
| 35 | 女薫の旅　感涙はてる | 講談社文庫 | 平15. 5 |
| 34 | 熱《いき》れ | ノン・ノベル（祥伝社） | 平15. 3 |
| 33 | 無垢の狂気を喚び起こせ | 講談社文庫 | 平15. 3 |
| 32 | 化粧の素顔 | 新潮社 | 平15. 2 |
| 31 | 女運《おんなうん》　満ちるしびれ | 祥伝社文庫 | 平14.12 |
| 30 | 女薫の旅　放心とろり | 講談社文庫 | 平14.11 |
| 29 | 忘れる肌 | トクマ・ノベルズ | 平14.10 |

| | | |
|---|---|---|
| 28 男泣かせ　限限《ぎりぎり》 | カッパ・ノベルス | 平14. 9 |
| 27 後味《あとあじ》 | 光文社文庫 | 平14. 9 |
| 26 五欲の海 | カッパ・ノベルス | 平14. 8 |
| 25 男泣かせ | カッパ・ノベルス | 平14. 6 |
| 24 女薫の旅　衝動はぜて | 講談社文庫 | 平14. 5 |
| 23 女運　昇りながらも | 祥伝社文庫 | 平14. 3 |
| 22 イントロ　もっとやさしく | 講談社文庫 | 平14. 2 |
| 21 おれの女 | カッパ・ノベルス | 平13.12 |
| 20 女薫の旅　陶酔めぐる | 講談社文庫 | 平13.11 |
| 19 愛技 | 講談社文庫 | 平13.10 |
| 18 他愛《たあい》 | 祥伝社文庫 | 平13. 9 |
| 17 女運　指をくわえて | 祥伝社文庫 | 平13. 8 |
| 16 イントロ | 講談社文庫 | 平13. 7 |
| 15 女運 | 祥伝社文庫 | 平13. 5 |
| 14 女薫の旅　奔流あふれ | 講談社文庫 | 平13. 4 |
| 13 滴《しずく》 | 講談社文庫 | 平13. 1 |
| 12 女薫の旅　激情たぎる | 講談社文庫 | 平12. 9 |
| 11 禁本（ほかの著者とのアンソロジー） | 祥伝社文庫 | 平12. 8 |
| 10 服従 | 幻冬舎アウトロー文庫 | 平12. 6 |
| 9 女薫の旅　灼熱つづく | 講談社文庫 | 平12. 5 |
| 8 女薫の旅 | 講談社文庫 | 平12. 1 |
| 7 ジャン＝ポール・ガゼーの日記（翻訳） | 幻冬舎 | 平11. 7 |
| 6 ハッピー | 幻冬舎ノベルス | 平10. 2 |
| 5 ピュア | 幻冬舎ノベルス | 平 9.12 |
| 4 陰界伝 | マガジン・ゲーム・ノベルス（講談社） | 平 9. 9 |
| 3 水の屍《かばね》 | 幻冬舎ノベルス | 平 9. 8 |
| 2 0と1の叫び | 講談社ノベルス | 平 9. 2 |
| 1 無垢の狂気を喚《よ》び起こせ | 講談社ノベルス | 平 8.10 |

（記載は最新刊より。平成23年7月10日現在）

禁　秘

# 一〇〇字書評

切・り・取・り・線

**購買動機**（新聞、雑誌名を記入するか、あるいは○をつけてください）

| | |
|---|---|
| □（　　　　　　　　　　）の広告を見て | |
| □（　　　　　　　　　　）の書評を見て | |
| □ 知人のすすめで | □ タイトルに惹かれて |
| □ カバーが良かったから | □ 内容が面白そうだから |
| □ 好きな作家だから | □ 好きな分野の本だから |

・最近、最も感銘を受けた作品名をお書き下さい

・あなたのお好きな作家名をお書き下さい

・その他、ご要望がありましたらお書き下さい

| | | | | | |
|---|---|---|---|---|---|
| 住所 | 〒 | | | | |
| 氏名 | | 職業 | | 年齢 | |
| Eメール | ※携帯には配信できません | | 新刊情報等のメール配信を 希望する・しない | | |

この本の感想を、編集部までお寄せいただけたらありがたく存じます。今後の企画の参考にさせていただきます。Eメールでも結構です。

いただいた「一〇〇字書評」は、新聞・雑誌等に紹介させていただくことがあります。その場合はお礼として特製図書カードを差し上げます。

前ページの原稿用紙に書評をお書きの上、切り取り、左記までお送り下さい。宛先の住所は不要です。

なお、ご記入いただいたお名前、ご住所等は、書評紹介の事前了解、謝礼のお届けのためだけに利用し、そのほかの目的のために利用することはありません。

〒一〇一‐八七〇一
祥伝社文庫編集長　坂口芳和
電話　〇三（三二六五）二〇八〇

祥伝社ホームページの「ブックレビュー」からも、書き込めます。
http://www.shodensha.co.jp/bookreview/

祥伝社文庫


禁秘《きんぴ》

平成23年7月25日　初版第1刷発行

著　者　神崎京介《かんざききょうすけ》

発行者　竹内和芳

発行所　祥伝社《しょうでんしゃ》

東京都千代田区神田神保町3-3

〒101-8701

電話　03（3265）2081（販売部）

電話　03（3265）2080（編集部）

電話　03（3265）3622（業務部）

http://www.shodensha.co.jp/

印刷所　図書印刷

製本所　図書印刷

カバーフォーマットデザイン　芥陽子





Printed in Japan ©2011, Kyosuke Kanzaki　ISBN978-4-396-33695-0 C0193

# 祥伝社文庫　今月の新刊

| | | |
|---|---|---|
| 楡　周平 | プラチナタウン | 「老人介護」や「地方の疲弊」に真っ向から挑む新社会派小説！ |
| 森村誠一 | 棟居刑事の一千万人の完全犯罪 | 過去を清算する「生かし屋」。迷える人々の味方なのか…？ |
| 梓林太郎 | 釧路川殺人事件 | 謎の美女の行方を求め北の大地で執念の推理行。 |
| 菊地秀行 | 魔界都市ブルース〈愁鬼《しゅうき》の章〉 | 復讐鬼と化した孤高の女。秋せつらは敵となるのか…。 |
| 柴田哲孝 | オーパ！の遺産 | 幻の大魚を追い、アマゾンを行く！ |
| 安達　瑶 | 隠蔽《いんぺい》の代償　悪漢《わる》刑事《デカ》 | 大企業ｖｓ最低刑事　姑息なる悪に鉄槌をくだせ！ |
| 神崎京介 | 禁秘 | 龍の女が誘うエロスの旅…濃密で淫らな旅は続く。 |
| 南　英男 | 毒蜜　新装版 | ひりひりするような物語。ベストセラー、待望の復刊。 |
| 岡本さとる | 千の倉より　取次屋栄三 | 千昌夫さん、感銘！「こんなお江戸に暮らしてみたい」 |
| 逆井辰一郎 | 初恋　見懲らし同心事件帖 | 一途な男たちのため、見懲らし同心、こころを砕く。 |